# 诗建设

主编 泉子

总第31卷

2022年第一卷

长江出版传媒
长江文艺出版社

NO.31

录

开卷



诗选



发现



跨界



诗学



译介

管怀宾作品
《无人界－融镜》
装置
玻璃镜框、铝铸太湖石
2015年

# 开卷

**Decoil**

[redacted]

[redacted]

# 胡续冬

（1974.10.30—2021.8.22）

胡续冬，原名胡旭东，人称“胡子”，1974年10月30日生于重庆合川乡下，后随父母迁居湖北十堰。1991年至2002年，求学于北京大学中文系和西方语言文学系，获文学博士学位后留校，2002年起执教于北京大学世界文学研究所。1992年在北大独特的诗歌氛围中开始写诗，后发起创办民间诗刊《偏移》，倡导一种将诗歌技能的习得与具体现实关注相结合的“偏移诗学”。曾获刘丽安诗歌奖、柔刚诗歌奖、明天-额尔古纳诗歌双年奖等奖项。著有诗集《日历之力》《旅行/诗》《片片诗》《白猫脱脱迷失》、译著《花与恶心》、随笔集《浮生胡言》《去他的巴西》《胡吃乱想》《你那边几点：我的巴西土鳖生涯》等。2021年8月22日晚在北京因病逝世。

# 胡续冬

## 小小少年·14首

### 新　年

我怀念那些戴袖套的人，
深蓝色或者藏青色的袖套上，沾满了
鸵鸟牌蓝黑墨水、粉笔灰、缝纫机油和富强粉；
我怀念那些穿军装不戴帽徽和领章的人，
他们在院子里修飞鸽自行车、摆弄锃亮的
剃头推子、做煤球、铺牛毛毡，偶尔会给身后
歪系红领巾的儿子一记响亮的耳光，但很快
就会给他买一支两分钱的、加了有色香精的冰棒；
我怀念那些在家里自己发豆芽的人，
不管纱布里包的是黄豆还是绿豆，一旦嫩芽
顶开了压在上面的砖块，生铁锅里
菜籽油就会兴奋地发出花环队的欢呼；
我怀念那些用老陈醋洗头的人，
在有麻雀筑巢的屋檐下，在两盆
凤仙花或者绣球花之间，散发着醋香的
热乎乎的头发的气息可以让雨声消失；
我怀念那些用锯末熏腊肉的人，用钩针
织白色长围巾的人，用粮票换鸡蛋的人，用铁夹子

夹住小票然后“啪”的一声让它沿着铁丝滑到收款台去的人；
我怀念蜡梗火柴、双圈牌打字蜡纸、
清凉油、算盘、蚊香、浏阳鞭炮、假领、
红茶菌、“军属光荣”的门牌、收音机里
“我们的生活充满阳光”的甜美歌声……
现在是2003年了。我怀念我的父母。
他们已经老了。我也已不算年轻。

## 海魂衫

1991年，她穿着我梦见过的大海
从我身边走过。她细溜溜的胳膊
汹涌地挥舞着美，搅得一路上都是
她十七岁的海水。我斗胆目睹了
她走进高三六班的全过程，
顶住巨浪冲刷、例行水文观察。
我在冲天而去的浪尖上看到了
两只小小的神，它们抖动着
小小的触须，一只对我说“不”，
一只对我说“是”。它们说完之后
齐刷刷地白了我一眼，从天上
又落回她布满礁石的肋间。她带着
全部的礁石和海水隐没在高三六班
而我却一直呆立在教室外
一棵发育不良的乌柏树下，尽失
街霸威严，全无狡童体面，
把一只抽完了的“大重九”
又抽了三乘三遍。在上课铃响之前
我至少抽出了三倍于海水的
苦和咸，抽出了她没说的话和我
潋滟的废话，抽出了那朵
在海中沉睡的我的神秘之花。

## 亲爱的壁虎

嗨！亲爱的壁虎，
一天不见，你怎么还是
一脸的愁苦。明天我就要
搬走了，扭扭你的尾巴，
给我点祝福。我一直想告诉你，
你才是这屋子的主人，我不过是
赖在这里的外来户。我赖了
整整一年，再去其他小屋子赖一赖，
就可以回我的故土。唉！
我亲爱的壁虎，我多羡慕你啊，
不用教蟑螂弟弟们说壁虎语，也不用
躲避物业和房租，南美飞蚊鲜美肥润，
你足不出户就可以吃饱喝足。
在这个被汽车统治的城市里，我至今
还不想学开车，只想学你
吸墙而行的功夫：贴着彩虹的内壁
爬到天上找回我的幸福。哦，
亲爱的壁虎，不要这么一动不动地
看我收拾衣物，你哭什么？难道
你也想起了她曾经和我在这里居住？
这个马虎的丫头啊，到今天
我才发现她落下的东西
不计其数：除了一堆化妆品，还有
袜子、胸衣、发卡、耳机
和一本与魔鬼打交道的深奥的书。
嘿！跟我一样倒霉的壁虎，
你的壁虎妹妹在哪里？为什么总是
只有你出没在这该死的小黑屋？
莫非你的壁虎妹妹去了中国
含辛茹苦地在中国壁虎大学里
教爬墙术？咱俩相依为命了这么久，
我还真舍不得从这里搬出。

来吧，我亲爱的壁虎，爬上
这张快被我揉烂了的地图，
把你的三角脑袋摆成一个箭头
指向我那八万里之外的故土，
然后，扭扭你那忧伤的小尾巴，
给我一个伟大的祝福。

## 犰　徐

猛地看见电脑上的日期，想起
一年前的今天，在南美的海滩巴拉奇。
那是一个被十七世纪的金子淘出来的小镇，
坐拥吞天海景和葡萄牙的凋敝。
入夜，我们携一身憨猛的云和岛屿
回到岸上，见街就逛，见古就唏嘘。
有花花红灯闪出一个诡秘的去处，往来者
皆是气质男和肉意阑珊的随便女。
我们骤然欢喜，误以为来到了
本地的风化区，进去之后才发现
此处乃是文艺天地，方圆百里的知识分子
携带成群的知识粉子，在此郑重地追忆
巴西东南沿海印第安人的血泪履历。
墙上是被装裱成艺术品的印第安人，
台前有被演说成学术绕口令的印第安人，
大厅里陌生的干柴和烈火以印第安人的名义
迅速地组合在一起。我们在那里
没有看见一个活着的印第安人，直到
走出门去，在几十米之外的街角
与几个卖手工艺品的印第安人在黑暗中相遇。
他们露宿在街头，出售做工笨拙的
木雕、草编和饰羽。他们不叫卖，
像茧皮一样硬生生地长在黑夜的喉咙里，就连
不得已说出的几个关于价格的葡萄牙语数词，

也像龟裂的茧皮一样，生疼、粗粝。
他们眼神里的警惕连成一道五百年前的防线，
从防线那一边，我们小心翼翼地买来
一只木雕的犰狳。嗯，犰狳。
性格温顺的贫齿目动物，浑身披甲，
像他们的祖先，在丛林里逐安全感而居。
嗯，巴拉奇。我刚刚被精英们沉痛地普及：
此地的印第安人原本盛大而有序，说灵巧的
图比—瓜拉尼语，后来被捕杀无遗。
精英们不愿提及那些黑夜的喉结上
一小片茧皮一样喑哑的、不可见的后裔。

## 阿克黄

你为我叼来魔鬼的呼噜，
我喂你吃窗外的满天大雾。

你蹲在水碗边上等候渔夫，
我给你读了两遍《硕鼠》。

你抓我，想从我身上抓出
各式各样的隐形生物。

我摇着你的脑袋，神色严肃，
拷问你到底把手表藏在了何处。

你一高兴就忘了礼数，
闯进卫生间观看人类的屁股。

我一生气就记不得你的种属，
曾经叫过你变态、狗屎和猪。

惭愧啊！我和老婆互相照顾，
却让你在手术刀下迷失了公母。

我以为你咔嚓之后只喜欢哭，
只喜欢抱着桌子腿跳钢管舞，

没想到你依然矫健如故，
从书架上掀下来一堆歧视太监的书。

你甚至还操心起太空军务，
在电脑上踩下导弹打卫星的命令符。

我教育你要爱和平、走正路，
你躲在沙发底下，喵喵呜呜。

为了请你出来散心我三顾猫庐，
结果，反被你关进了狡黠的小黑屋。

## 白猫脱脱迷失

公元568年，一个粟特人
从库思老一世的萨珊王朝
来到室点密的西突厥，给一支
呼罗珊商队当向导。在
疲惫的伊犁河畔，他看见
一只白猫蹲伏于夜色中，
像一片怛逻斯的雪，四周是
干净的草地和友善的黑暗。
他看见白猫身上有好几个世界
在安静地旋转，箭镞、血光、
屠城的哭喊都消失在它
白色的漩涡中。几分钟之后，
他放弃了他的摩尼教信仰。

一千四百三十九年之后，
在夜归的途中，我和妻子
也看见了一只白猫，约莫有
三个月大，小而有尊严地
在蔚秀园干涸的池塘边溜达，
像一个前朝的世子，穿过
灯影中的时空，回到故园
来巡视它模糊而高贵的记忆。
它不躲避我们的抚摸，但也
不屑于我们的喵喵学语，隔着
一片树叶、一朵花或是
一阵有礼貌的夜风，它兀自
嗅着好几个世界的气息。
它试图用流水一般的眼神
告诉我们什么，但最终它还是
像流水一样弃我们而去。
我们认定它去了公元1382年
的白帐汗国，我们管它叫
脱脱迷失，它要连夜赶过去
征服钦察汗，治理俄罗斯。

## 一个拣鲨鱼牙齿的男人
——给臧棣

一个拣鲨鱼牙齿的男人，
弓着腰、撅着已近中年的屁股，
在沙与海水之间搜寻。
换作在他的故乡、他的童年，
这个姿势更像是在把少年水稻
插进东亚泥土旺盛的生殖循环里。
但请相信我，此刻他的确是在
拣鲨鱼的牙齿，在佛罗里达的
萨拉索塔县，在一个

叫作玛纳索塔的狭长的小岛西侧
濒临墨西哥湾的海滩上。
像着了魔一般，他已经拣了
整整一个下午，虽然灼人的烈日
似要将他熔成一团白光，但
每拣得一颗牙齿，他就感觉身上
多了一条鲨鱼的元气。那些
乌黑、闪亮、带着不容置疑的
撕咬的迫切性的牙齿，是被海水
挽留下来的力量的颗粒，是
静止在细沙里的嗜血的加速度，
是大海深处巨大的残暴之美被潮汐
颠倒了过来，变成了小小一枚
美之残暴。他紧攥着这些
余威尚存的尖利的小东西，这些
没有皮肉的鲨鱼，想象着
在深海一样昏暗的中年生活里，
自己偶尔也能朝着迎面撞来的厄运
亮出成千上万颗鲨鱼的牙齿。

## 终身卧底

不止我一个人怀疑
你是来自另一个星球的神秘生物
你的左耳里有一把外太空的小提琴
能够在嘈杂的地铁里
演奏出一团安静的星云
你的视网膜上有奇怪的科技
总能在大街上发现一两张
穿过大气层陨落下来的小广告
甚至连你身上那些沉睡的脂肪
都美得极其可疑
它们是你藏在皮肤下的翅膀

我总担心有一天你会
挥动着缀满薯片的大翅膀飞回外星
留下我孤独地破译
你写在一滴雨、一片雪里的宇宙日记
好在今天早上你在厨房做饭的时候
我偷偷地拉开了后脑勺的诗歌天线
截获了一段你那个星球的电波
一个很有爱的异次元声音
正向我们家阳台五米远处
一棵老槐树上的啄木鸟下达指令：
让她在他身边做终身卧底
千万不要试图把她唤醒

## 紫荆花

我揣着冷风走出来，
看它变着戏法
把路人纷纷隐去。

我说：停！它不听，
继续把这座城市
吹成了一小段迷途。

在一个陌生的街角，
它突然丢下我，
钻进了一树紫荆花。

像是早有准备，
它为树枝带去了
一大丛拂动的声带。

我明白，它是想让
每一朵花都和我说话。
我听见了时光的耳语。

但我不知如何通过这些花
把一两句语塞的问候
捎进黑暗的泥土。

我把冷风揣回了
羽绒服的口袋里。
路人重新熙攘，城市

也恢复了它冰冷的秩序。
而紫荆花依然在街角绽放，
温暖得像离去的友人。

## 片片诗

写给我们的女儿哥舒

以前，爸爸每天都要看片片，
要么和妈妈一起，看
有很多帅叔叔的片片；要么
自己一个人，看那些
有漂亮阿姨的片片。现在，
爸爸每天都在给你换片片。
你小小的身体是一大片
神奇的新大陆，
爸爸像个冒险家，不知疲倦地
从你身上偷运出沉甸甸的宝物：
黄灿灿的金片片，
水汪汪的银片片。
金片片，银片片，深夜里，
在你直撼天庭的哭声中，
冒险家也会看花了眼，
把湿漉漉的纸片片
全都看成了在夜空中兀自播放的
片片：有时候是公路片，

五年后，我和妈妈拉着你
走向圣地亚哥·德·孔波斯特拉；
有时候是奇幻片，十年后，
我醉心于观察妈妈的美颜
如何一眉一眼地移上了你的脸；
我最经常在湿片片上看到的，
是最酣畅的武侠片，
二十年后，你青春大好，
一身的英气裹紧了窈窕，
在这诡异的人世间，
“横行青海夜带刀，
西屠石堡取紫袍。”

## 笑笑机

你爱笑。
每天早上醒来，
你一伸懒腰
就把自己变成了一台
浑身都是开关的笑笑机。
我轻轻碰一下，
你就送我一串咯咯响的礼物。
还有几串咯咯声飞到了
妈妈身边，
你忽闪着大眼睛指挥它们，
打败了她脸上的
黑眼圈怪兽。
更多的咯咯声
在家里四处飘荡，
它们都是长着翅膀的粉刷匠，
把墙壁、桌椅甚至
装满了纸尿裤的垃圾桶
都刷上了你呼出的奶香。

你笑得最响的时候，
往往是坐在我的腿弯里，
我拉着你的小手，
你派出
整整一个军团的咯咯声，
它们手持咯咯响的弯刀
把我肺叶里的晦气
砍得哈哈大笑，
连我身上最隐秘的失败感
都被你装上了笑的马达：
我也变成了一台
大一号的笑笑机，
你嘴角微微一翘，
我就笑到云端乐逍遥。

## 小小少年

从满月起，你不羁的睡眠
就开始像贪玩的羊群一样，
需要我挥舞着蹩脚的歌声，
驱赶它们从火星上的牧场
回到你永动机一般的小小身体里。
我成了你忠实的牧睡人。
我牧睡，每天两到三次，
唱着同一首叫作“小小少年”的歌，
“小小少年，没有烦恼
眼望四周阳光照……”
这首歌出自一部
我已经完全忘了情节的德国电影，
确切地说，是西德电影，
《英俊少年》。出于一个丑男孩
对“英俊”一词的莫名纠结，
我满怀敌意地记住了它英俊的旋律。

没想到三十多年后，地图上
早已没有了东西德之分，这首歌
却会被变得更丑的我
用来召唤你松果体上狡黠的褪黑素。
日复一日，我唱着《小小少年》，
把睡眠的羊群赶进准确的钟点。
我仿佛看见一个又一个的英俊少年
牵着你未来的手和你畅游花花世界。
那时，又老又丑的我，
或许会唱着《小小少年》
放牧我自己颤颤巍巍的睡眠。
终于，在你一岁以后的某一天，
你突然厌倦了所有的小小少年
和他们的英俊，你只想
听我丑陋的声音随便讲个故事入睡。
我又变成了你忠实的
挥舞着陈述句和象声词的牧睡人。
但我竟有些怀念
那些怀抱你的褪黑素起舞的
小小少年，怀念那个
在1980年代的小镇电影院里
对着“英俊”二字黯然神伤的
小小少年。

## 里德凯尔克（Ridderkerk）

一坨背着旅行包的白云
错过了上一股
刮向鹿特丹的风。
它坐在半空中一个偏僻的
气流中转码头上
发呆，偶尔挪动一下
疲惫的云屁股，低头观看

它在河面上的影子
是怎样耐心地和低幼的阳光
玩着石头剪子布。
马斯河上安静得能听见
云的咳嗽，只有几艘
还没睡醒的货轮
从云的二郎腿底下
无声地驶过，集装箱上的
“中国海运”四个汉字
像一串遥远的呼噜。
云突然看见了
河边荒草中的我，同样是
错过了上一班船，
在一个孤零零的小码头
万般坐不住。
我们互相打了个招呼，
它的云语言元音聚合不定
很难沟通。它伸出
飘忽的云手，试图递给我
一根云烟，我表示婉拒
因为我只抽黄鹤楼。
我们努力让对方明白了
我有一个漂亮女儿，它有一朵
和乌云混血的儿子，前年
飘到了佛得角上空去学唱歌。
还没来得及深聊，
刮向伊拉斯谟桥的三桅风就来了，
我的船也已在上游出现。
我们同时掏出手机
拍照留念，而后，它去它的
鹿特丹，我则去往相反的方向：
一个风车排列成行
像我女儿一样水灵的村庄。

## 六周年的六行诗：给马雁[1]

飞往新年的枭形时间总是在这一天突然改变方向，
向下，坠入监控录像深处的2010年。在那里，
它把羽毛变回羽毛球，把鹰嘴变回鹰嘴豆，把飞行重启为
一具年轻的身体里词语与勇气赛跑的飞行棋。
六年来，这一天是泥土，是镞，是栀子花，是狻猊，
是雾霾中成群的阿童木再度起飞，去一张字条里找你。

---

①马雁（1979.2.28—2010.12.30），女，诗人、书评人、散文作家，四川成都人，毕业于北京大学中文系，有自印诗集《习作选》（2001年）、《迷人之食》（2007年），2010年12月30日在上海意外辞世。

管怀宾作品
《日蚀风景——塔》
木材、钢板、钢管、灯等
南京尚东当代艺术中心
2009年

# 自我压缩之后再腾挪

## ——重读胡续冬诗歌的一个线索

姜涛

胡续冬离开的这段时间，我一直在断断续续重读他的几本诗集。这些诗当然都是熟悉的，在不同的阶段，有的还曾反复研读过，但这次放在一起重读，还是有一些新的感知，也包括对他的诗和他的人之间关系的理解。

在回忆过往的时候，我们都会有这样的时刻：较为切近的事，反而模糊一片，不知如何措手；那些更为久远的，或许因在视野中已被推远，才更容易看清脉络和轮廓。

我和胡续冬相熟于20世纪90年代中期，那时大家在写诗这件事上，都已经有过一段摸索的经验，也大致同步到了要自觉“转轨”的时候，这与20世纪90年代诗坛风向变动的刺激，有相当大的关系。说起“90年代诗歌”，这似乎已是一件油腻腻的往事，容易勾连起一系列有争议的联想，像过多的叙事、过度的反讽、过分的经验主义而导致细节肥大症等。但在我看来，20世纪90年代也许仍是当代诗颇具野心和活力、心境也相当蓬勃的一个时期。在胡续冬走后不久写的一篇悼念文章中，我略谈了当时诗界风尚以及社会转型对年轻诗人感受力的影响，不妨自我引用一下：

> 20世纪90年代的诗人一度以写“不纯”的诗为风尚，喜欢用“异质混成”的语言去强力搅拌现实。《偏移》同人受到风尚感染，也有意推波助澜，纷纷进入写作的“加速期”。胡续冬的表现尤为突出，他早年一个街头“小混混”的反叛激情和永远过剩的语言激情，得以在诗中尽情展现。这是胡续冬个人风格强劲形成的时期，在有限的诗行中作大跨度的腾挪，整合繁复的时代经验，是他

的拿手好戏……至今读他早年的诗，仍能一下子就回到20世纪90年代那个变动时期的中国现场，感觉生猛热辣的气息扑面而来。

这里提到的《偏移》，是胡续冬及周边友人创办的诗刊，从20世纪90年代中期到新世纪初，聚集了北京、上海等地一批年龄相仿的作者。胡续冬带头“鼓吹”的“偏移”诗学，简单说，就是不再想学着前辈的模样，总惦记如何另立旗号、另起炉灶，稀里糊涂闹革命，而希望通过扎扎实实的写作，不断与当代诗“传统”建立起一种“修正”关系。回想起来，这一伙年轻人的心气儿很高，但大体上说，抢占诗坛“小板凳”的意识，或面向未来文学史的自我幻觉，并不是很强烈，“偏移”之说更多是基于对当时诗歌走向的信任，也借此表达想有所突破、更上一层的兴奋。

大家都知道，正如孙悟空可以拔下毫毛变出来许多分身，胡续冬是一个有多方面才能和兴趣的人。他灵活灿烂的舌头、活泼放肆的脑筋、身体里无穷分泌的荷尔蒙和想象力，本可以让他从事很多不同凡响的事业，当然他后来果然也做了很多事，但在20世纪90年代初，这个书包里装着板砖、钢筋条、“大重九”香烟和外国小说的叛逆少年，为何选择诗歌这一“便携”文体，这其中必有原因。除了受北大诗歌传统的感召外，我想一定程度上也是因为20世纪90年代诗歌对于语言的开放性理解，极大满足了他与更多不规则繁杂事物、更多喧嚣人类打交道的欲望。那些故意写的不洁、不纯的诗歌，就像一根根油污的管道，可以让叛逆少年的躁动身心与周遭时代生活的轰鸣相接通。而且，对于胡续冬来说，在这条管道的上游，淤积了太多的能量、太多的好奇心和对世界的想象，有了这样的势能，在管道的另一端才泥沙俱下，有如此强劲的喷射。

在一篇“代跋”中，胡续冬曾谈到自己的写作抱负，就是“通过书写互不通约的诗歌发明出无限多的自我，以使被特定的时空所束缚的自我获得诡谲的复数性”。这个说法可能太过少年气，他后面又改为相对低调的“自我的腾挪”，并认真交代了自己的“腾挪术”：不同经验类型之间的短路、方言和古文节奏的调配以及另类的知识视野的打开等。“自我的腾挪”这个说法，估计以后会广为流布，乃至成为胡续冬诗歌的一个标签。然而，胡续冬还有另一种自我阐述。在2011年发表的《我与世界文学：从街头到案头》中，他讲述自己从一个街头“小混混”、一个低端文艺青年成长为一位诗人的历史，并交代了写诗和小说阅读的关系：

> 我此前吸收的那些现代主义/先锋派的小说阅读经验都能以压缩、挪置、漂移、变形的方式转换到现代诗歌所要求的“意识最大化”之中，对我个人而言，当我写了将近十年的诗之后，我越来越觉得，我完全可以用一首二十行左右的诗处理一篇小说所要裹挟的经验和形式强度，因为小说的视角、章法、叙事快感某种程度上已经内置在我的诗歌语言中了。

我觉得在这段话中，胡续冬亮出了写诗的底牌：“腾挪”的前提是一种“压缩”，即将上游淤积的能量、将自己多方面的才能也是将一篇小说才有的“经验和形式强度”压缩、转置于有限的诗行之中。这次重读，我注意到在他早期的诗作常会聚焦于某一特定场景（如《宿舍一角》《在臧棣的课上》《校园故事》《中关村》），或某一特定的人物（如《一个河南民工而作的忏悔书》《晓春》《一个初中同学的死》《柱子到北大刷广告》）。在这些诗中，“叙事”冲动确实碾压了抒情及其他。比如，写场景时，胡续冬会从不同的角度出发，调动各种感官，将所有角落或事件的全过程填满，而且始终兴致勃勃，毫不懈怠；写人物时，他也会抓取典型的神态、怪癖和口吻，惟妙惟肖地刻画，读这些诗，仿佛在读用一部部诗体的“异人传”。

说胡续冬以“叙事”见长，和说他以“方言写作”见长、以“语言的狂欢”见长一样，都会是一种简化，甚至是一种贬低。特别是，“叙事性”代表的烦琐美学，已成为90年代诗歌的“陋习”之一，为当下的年轻诗人所避之不及。事实上，这种印象并不一定准确，至少并不完整，在最有活力的时刻，“叙事性”的引入更类似一种打开，让叙述、抒情、歌唱、思辨包括插科打诨等不同的频道，可以在一首诗中混响共鸣。具体到胡续冬这里，他是一个说故事、讲笑话的天才，任何一件事到了他的口里，都会添油加醋，说得活色生香。他早期的诗也是这样，与其说在“叙事”，不如说是在“说书”。当代诗中的“叙事性”写作，往往暗含了一种旁观者、反思者的位置，后来某一类“叙事”渐渐沉闷，成了套路，也和这一旁观位置的固化有关。胡续冬这个“说书人”却从不置身事外，他始终在局中，眉飞色舞、口若悬河做现场直播。不过瘾时，还会亲自模仿、扮演不同的角色。胡续冬人格中有表演的成分，模仿形形色色的人物，是他诗中“叙事快感”的一个源泉，他的名作《太太留客》，除了用四川土白写出，还采用了“戏剧独白”这一诗体。闻一多、徐志摩等新月诗人，为了突破“抒情”的限制，早就尝试过这一诗体，以求从特定人物的视角去构造经验。包括上面提到的“异人传”系列，胡续冬塑造人物的方式之一，有时就是自我分身，干脆在语言中变成那个人：

> 蒋浩的大胡子颤巍巍地伸过来。
> “写诗了没得？”——一只老耗子
> 钻进了大象鼻孔一样的羞。
> “锤子。你写了没得？”
> （《诗歌的债》）

颤巍巍的四川口音，憨笑又挠头的模样，熟悉诗人蒋浩（浩子/耗子）的朋友，读到这一段，肯定都会感觉活灵活现。有年轻诗人在分析同代人写作时曾说：“他的诗全都是展示（showing）而几乎没有讲述（telling）。”这是很有意思的一种说法。借用一下，胡续冬给出的可能是“全活儿”，除了showing、telling，更有performing（或playing）。他和世界的关系绝不是旁观的、反思的、疏离的，而是你中有我、我中有你，充满了表演性、可交际性。我觉得，这是他提供的一种极为特殊的诗歌方式。由此，诗人不是与人群相离、相异的那一个，而是能时刻与众人同欢，与万物共情。

“偏移”时代的写作，塑造了胡续冬诗歌的强劲底色，由于“严重剥削了普遍诗意”，这种风格也可能会招来一些争议。朋友们都注意到，大概2000年之后，胡续冬进入了自我“偏移”的时代。西渡比较重视2002年的《蜗牛》，认为胡续冬的另一种天才在诗中得以展现，我则认为2000年的《水边书》已预示了变化。简言之，他的写作似乎主动要卸下烦冗累赘的社会写实，复归一些更为基本的文学主题，如自然、幻想、人对世界丰富的感性关照，这反倒带来了风格的灵活多样。他后来写旅行、写家庭、写恋情、写各种小动物，都在这一变化的延长线上。相应地，他也会删削一些修辞的枝蔓，甚至有意约束想象力的腾挪，让诗风在依旧饱满的同时，也能更舒展、从容。像《水边书》这首就写得曼妙清朗，意象虽然一如既往的繁密，但已如山溪一样奔流，某种生命或记忆的能量由此“夺目而出”，汩汩涌现。在技艺更成熟的时期，相对于在一个句子中埋下多个“爆点”，他更多借助一种内在的结构力量，拉长阅读的期待，先让叙事的能量不断聚集，而后突然反转，或敞开更大的视野，或揭示更深的情感。比如，我自己非常偏爱的《回乡偶书》，以一个回乡客的口吻，先活用方言，密匝匝写出重庆的市井风情：

……坡坡坎坎多得
让我的洗脚杆也伟岸了起来，
新盖的高楼完全是本地哥特。

方言和普通话的穿插，对应了土洋杂合、浮嚣妖冶的地方风格；川音泛起的儿化涟漪，颇具喜感，又夹杂伤痛。这首诗的结尾，最值得称道，胡续冬写到自己搭了一辆摩托在江北奔驰，江水凶猛“拍打着我的身世”，“另一个我的一生”不经意出现：

……如果当年
我老汉没有当兵离开这里，
我肯定会是一个摩托仔儿，
叼着老山城，决着人，每天都
活在火爆而辛酸的公路片里。

好像一辆摩托突然刹住，时光定格为一帧公路片的画面，某种更为整体、更为宏阔的时代感受在这一刻，仿佛持续回荡开来（就是俗称的“绕梁三日”吧），读者也仿佛被带到那条公路上，与那个回乡客一道，蓦然呆立，甚至可以闻到公路上腾起的烟尘。

用胡续冬形容臧棣的话，2000年之后的他，也从20世纪90年代诗歌“意识最大化”的风尚中“金蝉脱壳”了。然而，“压缩/腾挪”的手段，或者说将“小说的视角、章法、叙事快感”压缩在“二十行内”的抱负，其实一直延续下来。这表现在，他的写作上天入地，常在不同经验、语体之间做大跨度跳跃，但他从不乱来，想象力展开会依托于叙事的线索，飞旋又缜密，即便是写一首空灵的诗，也很少留白，很少跳脱，诗行内部被经验填满。我想，这种密实的美学源于感受力的充沛，同时，也是一个写作者的自信和笃定的表现。

另外，胡续冬还有两个看家本领，屡试不爽。

其一，前面谈到，他与世界的关系具有一种表演性，其实还有很强的身体性、爱欲感，在他笔下，那些“胸毛横生的诗句”始终在怒放着，不断冲击身体与社会、自然的界限。像写夏天的“光棍们”，他会说一个闷雷劈下来，会有“一地的胸毛和喉结/从光棍汉们透明的身体里滚落出来/毛茸茸、硬邦邦，羞得母蚊子们/消化系统迅速红肿”（《光棍汉的夏天》）；写巴西的大妈，他会这样形容：“胸前两团巴西，臀后一片南美、满肚子的啤酒/像大西洋一样汹涌的安娜·保拉大妈也写诗。”（《安娜·保拉大妈也写诗》）这样的写法，似乎很是色情，实际上天真烂漫，胡续冬似乎觉得只有用身体去想象万物、去和万物搅拌，才能表达热烈的感官和爱欲。

进一步引申的话，这样的“身体”写作暗中勾连了一种具有泛神论色彩的写作观念，即：一首诗不仅可以容纳，同时也可以让万物绽开、进入一种至高的狂喜。

其二，胡续冬喜欢和人打交道，不同的圈层、不同的行当都遍布了他的朋友，他像一个“结点”那样，也让很多不相识的人链接在一起。读他的诗，你也会感觉很热闹，感觉有很多人在诗中出没、聚会、弹唱、说笑。在胡续冬的字典里，恐怕永远不会有“社恐”两个字，把他放在任何陌生的环境中，他都能很快适应，而且很快就呼朋引伴，成为人堆里最引人瞩目的那一个。我读他在巴西写的一系列诗，觉得很有趣，刚开始的一两首，还不免有“独在异乡为异客”的落寞，感叹“巴西也不是巴蜀以西”。可不多久，这些诗就热闹了起来，人声鼎沸了起来，不断出现了他的室友、邻居，出现了形象色色的“异人”：同居室友的鲁文、卡洛斯、隔壁的保罗、傻子达吉尼奥、店主弗朗西斯卡、安娜·保拉大妈……显然，胡续冬喜欢将他生活的场域、他的“朋友圈”

搬迁到诗中，“诗可以群”这个古老的功能，在他这里不仅复活了，还成了他写作的内在驱力。

当然，胡续冬也会写孤独，特别是后期写异域生活和旅行经验的诗中，常会出现一个孤独男人的形象：这个男人看云，看鸟，看海……这样的感觉，不小心就会落入现代文艺“看风景”的格式。然而，胡续冬不会，因为云朵、海鸟、海浪，都不会是静观的对象，胡续冬会把它们看作另一重自我或一群哥们儿，不仅要观察它们，还会进行积极社交，和它们打成一片，甚至和这些新哥们儿开玩笑，给它们起外号。2014年参加鹿特丹诗歌节后所作的《里德凯尔克（Ridderkerk）》，写“我”作为一个背包客，因错过了一班船，在一处“孤零零的小码头/万般坐不住”，有朵云也刚好飘来，看到了岸边荒草中的“我”。注意，这里不仅我在看“云”，云也在看“我”：

我们互相打了个招呼，
它的云语言元音聚合不定
很难沟通。它伸出
飘忽的云手，试图递给我
一根云烟，我表示婉拒
因为我只抽黄鹤楼。

这大概是胡续冬才会有的写法。“云”和“我”都是异乡的旅人，偶然相遇，虽然递来的“云烟”被“婉拒”，但这恰恰是一种交流，包含了烟友或老炮儿之间才有的默契。随后，“云”和“我”各自登程，“云”随风去了鹿特丹，“我则去了相反的方向”：

一个风车排列成行
像我女儿一样水灵的村庄。

这首诗开阔、洒脱而温厚，虽然是在写“孤独”，这孤独却有了一种可能性、一种生产性，让人能更好地敞开自我，去拥抱与世界存在多种关系之可能。

在当代诗的自我想象中，佩索阿说过的“多重自我”似乎经常被人引述，以表达一种自觉的变化意识、一种凸显差异的先锋意识。可问题是，在时代感受日趋内卷、板结的状况中，“多重自我”说说容易，实际带来的恰恰可能是自我的模糊、涣散、缠绕乃至平庸。在当代诗的写作中，乏味的“多重自我”并不鲜见。胡续冬也谈“自我的腾挪”，前提是他有一个极为充沛、热烈和多层次的自我，这个“自我”与广大的世界和人群相关，对万物充满了爱欲和热情，由此才能因“自我压缩”而“腾挪”，而在云端里深情邈远、变化无穷。这就像孙悟空的毫毛和万千分身还是基于那个石头里蹦出的强大本尊，在各种后现代文艺观念被随意妄说的年代，这个前提尤其不能忽略。

管怀宾作品
《倾园》
装置
钢板，铜管、铸铜太湖石，青砖
2020年

# 诗选

## Selected Poems

诗建设

张曙光

# 四月是写诗的月份·6首

## 四月是写诗的月份

四月是写诗的月份
我没有写诗。
每天听几段音乐
钢琴或大提琴，有时
是交响乐，譬如
肖斯塔科维奇的第五
或德沃夏克的自新大陆
偶尔是斯特拉夫斯基和
艾夫斯。说实话，这只是
用来打发时间，或抵消恐惧。
外面的树在开花
粉，淡淡的白，带点绿
看上去真的很美。
似乎春天不会因为死亡
而放缓着脚步。
活着的人也不会因此
放弃活着。遗忘是一种美德。
应该牢牢记住这点
然后快乐地度过余生。
而那些死者，在冰冷的地下
蜷缩着，有谁会在意
他们能否听到音乐，或看见
四月正在焰火般绽放？

## 静　默

有时我真愿变成一块石头。
不是唯灵论者笔下的石头，而是
唯物主义者眼中的石头。
它裸露在风中，没有生命。
它从不说话，也从不会去思考。
不会在天空中飞，只是永久保持沉默。

## 情　话

我用语言描述这个世界
这个世界或一粒沙子。
此刻它正在我的鞋子里，
硌痛着我的脚。
我是这个世界唯一感受到它的人，
而对于我，它却是整个的世界。
我用语言描述着它。这是我和它
以及这个世界之间的情话。

## 保罗·塞尚

那座山因你而不朽。
你知道，我说的是圣维克多山。
它仍然矗立在那里。但你给了它生命，
而它是你的墓碑。你的水果们也将永远存在
新鲜而多汁，谦卑地抗拒着时间。
我想象着你的老年，原野间一个孤独的身影。
你的朋友左拉认定你是失败者。孩子们
在身后朝你扔着石头。你的衣服破旧
像那个即将谢幕的世纪。总是这样。
也许这是所有先行者的命运。他们改变着世界
却无法医治世人的愚蠢。我说得太多了。
或许我该沉默，变成石头，或你笔下的静物？
我们宁愿用一块骨头，来制止狗的狂吠？

哦，去掉学院式的优雅，我们都会朝着墙根撒尿。
文森特割掉了自己的一只耳朵
他的星空让我晕眩。肖斯塔科维奇用音乐来表达
对未来而不是暴君的期许。而我拿起一只苹果
（来自伊甸园，还是你的画？）
慢慢地咀嚼，品味着来自永恒的芬芳。

## 存　在

存在被一只手撕下
像一张草图，扔进废纸篓
在虚无中划出一条
近乎完美的弧线

这是一个致命的错误
有关公主和食蚁兽
你试图在二者间找到某种
隐秘的联系，但要走很多路

直到月亮像一柄叉子
叉在深蓝的夜空
尖叫声被封在密室的墙中
上面满是色情的涂鸦

## 关于诗

思想是带枷的行走
在语言泥泞的小路上
迈着沉甸甸的步子

而诗歌不是思想
不是情感，甚至
也不是语言

诗是舞动，是狂欢
是语言弗拉门戈舞者的一连串身影
伴随着吉他、响板和忧伤

然后是长久的空寂
四十多年前，或者更久
当我在一个小镇上

用绿色的硬皮本
记录下笨拙的诗句
后来有很多事情发生

我目睹着时间所做的一切
一些人死去，另一些出生
奇怪的是它仍然存在

它不是思想和情感
也不是语言，只是
逝去岁月深沉的回响

于坚

# 德国熟人·7首

## 德国熟人

在德国　我认识这几位
伊曼努尔·康德　亨利·海涅
沃尔夫冈·歌德　弗里德里希·
威廉·尼采　马丁·海德格尔……
以及大家都知道的卡尔·马克思
海尔·希特勒　火车站那些正在
对手机说话的金发夏绿蒂　我一个
也不认识　“从她的所有谈吐中
我发现她是那样有个性　每听她
讲一句话　都会从她的脸庞上
发现新的魅力　新的精神光辉”
歌德描写得很传神

## 回忆法兰克福

法兰克福市区的电车漫长而缓慢　空载着陷阱
如果逃票　总有一天会被密探抓住　“关于树木
的谈话　几乎就是一桩罪行”　虽然不是　罚款也
不菲　车票是皮特为我买的　他死了　就埋在城里
噩耗用一段汉语传来　哎　老朋友　每次都在罗马
广场的女神下面接头　总是背个WENGER包　红光
满面　气喘吁吁　刚刚爬出战壕的士兵　睡觉样子
像教堂里的婴孩　有人在莱茵河畔一条长椅上见过
西思格拉大街23-25号　铁灰色的房子　三层楼

窗台上养着金雀花　1749年8月28日　歌德出生在
里面　一个仓库　那么多家具　笨重如牛的木质洗衣机
待洗的衣服堆起来就是一座小山　十八世纪穿得真多
此前我只知道　长安一片月　万户捣衣声　他爱人的
金发是夕阳下的波浪　还是早晨的光　档案没有记载
只说他深夜回家　为了不影响到家人　站着写诗
那高桌子还在　摸了摸　硬木的　读他的作品是1973年
我还在一家工厂当铆工　有一把锤子和一本地下传阅的
《浮士德》　译者是绿原　我知道怎么使用扳手　螺丝钉
要松掉的话　得左旋　他写过一位热情的厨娘　如何
拖地板　又如何捧着一只罐子倒出牛奶　又如何甩着
奶头洗澡　真笨　黄色的胰子掉了　一只肥蹼踩在上面
差点儿摔一跤　他写过么？　我觉得是　那条街叫个什么？
翻译是个只对我讲老家的人　秋天在窗外下着雨　乘客
只有我和一位裹着黑围巾的老妇　她下车时对司机说了德语
可没想到　雨后的道路上出现了许多小水坑　可没想到我
会踩中　可没想到教堂的尖顶会掉在里面　嵌着一只模糊的
钟　可没想到钟声来自另一个方向　悲哀的　也可能是快乐的

## 一　课

课文说“去故乡而就远兮　遵江夏以
流亡　去终古之所居兮……羌灵魂之欲归……”
屈原被发行吟泽畔　颜色憔悴　形容枯槁
后来他跳进汨罗江　课文说　荷尔德林写《还
乡》之际“阿尔卑斯山上夜色微明　云
创作着喜悦　遮盖着空荡的山谷”　诗人精神
分裂　徒步回故乡　住在木匠家里直到死
同一主题下的两条路　不是森林中的那种
也不是大街上的十字路口　我们无法选择
既不能选择楚国也不能选择图宾根　既无法
选择形而上也无法选择形而下　对于答案
诗歌总是令人束手无策　教室外面　夏天明亮
而多云　雨在磨它的短刀　我们坐在古老的教室
里　不想为那些古板的确定操心　只要尽量避免
与教授热烈期待着的目光接触　他没戴眼镜
秃顶在昨夜占领了多思的前额　他为此戴着
新帽子　耐克

## 晴

1940年10月22日　晴
德国　巴登州　以下数据用钢笔登记在册
上午有8名犹太人自杀
古斯塔夫·以色列·列弗和他的妻子
萨拉·列弗　煤气自杀
64岁的克拉拉·绍尔夫和她54岁的弟弟
奥托·以色列·施特拉斯　61岁　煤气自杀
奥尔加·萨拉·施特劳斯　61岁　安眠药自杀
燕妮·萨拉·德雷福斯　47岁　安眠药自杀
那内特·萨拉·费伊特勒　73岁
在浴室门梁上吊自杀
阿尔弗雷德·以色列·博登海默　69岁
安眠药自杀

在布兰卡所罗门家找到9只母鸡
4只公鸡1只鹅
萨拉·迈耶家找到10只母鸡和3只公鸡
阿尔伯特·以色列福格尔家找到4只母鸡
萨拉·维尔家找到3只母鸡和1只公鸡
莫利兹·迈耶家有1只德国牧羊犬
寡妇索菲赫尔茨和卡洛琳奥被登记在册的有
2枚金质勋章　1条镀金腕表链
1枚镀金胸针　3枚金戒指
7枚外国铜币　6把银质餐刀
7把银质咖啡匙

以上数据后来被一位作者登记在
关于犹太人历史的著作中
又被翻译成汉语出版
大32K　印在189页
由手写转成了印刷体
我在扉页上记下购买日期
一开始钢笔写不出来
甩了几下　凑到嘴边呵几口
墨水出来了　我极力将字迹写得
规整　清楚无误：
购于2013年5月14日
晴

## “杏仁眼的阴影”

——看克劳德·朗兹曼的纪录片《浩劫》有感

1942年夏天
瓦格纳在黑森林中沉睡
蜻蜓在莱茵河畔交配
一条铁路穿过荒凉去东部
雅利安先生彬彬有礼
一边瞟着擦得雪亮的长筒皮鞋
一边用歌德的母语谈犹太人
追求最高的抽象　冻结象征功能
仅启动数学物理几何化学方面的单词:
货物　方程式　载重量　字母W或BE
一氧化碳　密封　热处理　时刻表
高24英寸　宽18英寸　长2000M
精确如游标卡尺　妙语连珠如史上那些
致命的诗　超以象外　省略肉体
准备#　准备Ø　准备÷　准备X　准备%
“准备6000000个0”完毕　保罗
·策兰诞生　他的舌苔与史上出现过的不同
长满了铁丝网　那么尖锐　那么花哨
那么血肉模糊　难以确认所指
又一个词被脱光衣裳送进沐浴室
他说“杏仁眼的阴影”

## 德　国

他逢人
就说
他夏天里去过德国
这当然值得
炫耀喽!
生产奔驰汽车的地方
在杜塞尔多夫
海涅家隔壁
一家啤酒店的高脚小圆桌边
他挨着那些

长得像冲锋队员
的男子　（不是隐喻
就是个子高　说到德国高个子
我就想起冲锋队　看多了电影）
喝过一杯
闪着金光
他们一道看着
夕阳
滚蛋

## 一条街道

这是一条笔直的街道
两旁的楼房　阳台　树木
咖啡店和肉铺　都在向它致敬
顺着它　就像摩西在红海分开的道路
大海闪朝两旁　无论那是怎样的汹涌或
寂寞　有人在房间里尖叫　弹着巴赫
我无法漫游　忘记了转弯

余笑忠

# 在不十分的真实之中·9首

## 新纪录

2021年5月8日，武汉观鸟协会会员卢群
在黄陂区前川街道观测并拍摄到
金头扇尾莺（Cisticola exilis）
经认定为武汉市第427个鸟类新纪录
——引自一则报道

金头扇尾莺，它们巧用树上的绿叶
以长长的尖喙钻孔，以搜集来的
蛛丝、毛茸缝缀
旬日之内，它们的巢穴大功告成
裁缝鸟，这名字恰如其分
接下来，自然的奇迹顺理成章
产卵，孵蛋，哺育新生命

大自然终于有了喘息之机
遥远的山峰映入眼帘
河马入城，黄鼠狼坐镇街头，海龟收复失地

裁缝鸟，金头扇尾莺
对于我，你是一个全然陌生的名字
对于你，这里的田野、树林和绿地，似曾相识

愿此地是你们的乐土
愿你们的欢鸣能够让我确信，没有谁
会成为惊弓之鸟，没有谁

## 童话终结

从一枚鸡蛋，到满屋黄金

……童话终结于
一枚壳上带血的鸡蛋

一块黄金，就会血流成河

如何解释铁石心肠？
“所有金属起初都是液体”

如何描述化骨扬灰？
火山口的浓雾中，太阳
像一个小白脸

## 无　常

世事无常，所谓“好运”
就是与“厄运”保持距离
就是。不过是。
足够令人沮丧。也意味着
足够令人狂喜。
肉体的盾牌，显然越小越好
但再小，也逃不过
针孔摄像头。卫星定位仪。
幸运与厄运不过一步之遥
那么，也就没有必要担心
任何一首诗会离题万里

## 无　助

水一旦沸腾，也像有了生气

从前，“我们在夜晚喝过的水，是世界的酒”
现在，我们在夜晚喝过的酒，是自己的药

不要在深夜写诗
深夜容易走入死胡同

鸟雀在深夜都安静了
朝圣者、行脚僧，并不需要日夜兼程

## 坟冢上的油菜花

在大片的花田之外
山脚的一座坟冢上
也有几棵油菜开花了

不知葬身地下的是什么人
那几棵野生的油菜瘦一些

那墓地不会成为花田的一部分
那几棵油菜只是离群的例外
但油菜花会成为蜂蜜的一部分
尽管少到
可以忽略不计
像每一颗单独的油菜籽
小到可以忽略不计

## 题一张照片

这是他人抓拍的一张照片
你们席地而坐，笑容可掬
我站在一边，似乎说了一件
令你们开心的事
但我完全不记得说过什么
只记得那里有草坪，虽不是真草
但和草地一样柔软
也许你们也不记得
当时为何乐不可支
只记得那里草坪柔软，虽不是真草
也会沾上露珠

## 日复一日

你的时间被浪费了
你的生命被贬损

你的时间被浪费了
不是花瓣纷纷掉落
只剩下光秃秃的茎秆
而是奔流的大河，变成了一汪水池

你的生命被贬损
“有痛苦才有真相”
但这只是一句俏皮话，常常挂在
施虐者的嘴边

你的时间被浪费了
也许只是自我贬抑
日复一日，如果还有期盼
你所期盼的，也与残渣无异

## 涌　泉

仙女一样的清泉

泉水一旦成为泉水就不再是秘密

在我们寄望的“永远”里，必然
有一个不出声的“永不”
诗要触及的
就是永久的沉默

## 源　头

我见过放鸭子的外地人
在我们家乡的河滩上生火
我远远地看着，仿佛伸手即可取暖

而在另外一个地方，也会有我不知道的什么人
或别的什么东西，像我一样远远地看着那一团火
那低处生出的火，更像灵魂
比它耗尽的物质更真实

多年以后，我知道世界上有这样一些人
像教堂管风琴师，俯身于聚光灯从不会照临的一角
演奏圣乐

伊甸

# 自然之歌·4首

## 萤火虫之歌

磐石般的黑夜在它小小的背上摇晃
万物都中了寂静的毒
房屋、山峰和思想都匍匐在地上
桥听不见河流的呼吸
草和树被恐惧绑架，发不出一丝声音

它微弱的光像一根细细的针
扎进吸食了过量吗啡的大地

看不到血。但它相信
血在暗处流动

需要一粒火，而它就是
需要一颗按钮，而它就是
需要一个字引出无数恩怨和悲欢
而它就是

如果我们离太阳更远一些
太阳就是一粒萤火虫
如果我们离萤火虫更近一些
甚至直接把它放入我们的瞳仁
它就是一个太阳

它沿着我体内一条叫作孤独的航线在飞翔

它把我心脏上的疤痕、胃壁的洞
骨头的松软之处
指给一个隐身的神灵看

当它再一次飞入树林深处
我看见它的光
从树梢上缓慢地溢出来
渐渐地铺满大地和天空

## 黄昏之歌

手术台上的病人，摇摇晃晃
溜出了医院。他想逃避什么？他在追逐什么？
他先在老樟树的阴影里站了一会
然后犹犹豫豫走进沟壑、荆棘丛、墓地
他拉着羊肠小道上一个眉头紧蹙的哑巴的手
叹息一声，远处的峰峦就用一块灰手帕遮住脸
不忍看万物的失魂落魄

这时候谁还在路上急急奔走
谁就是带来好消息或者坏消息的
天使或者魔鬼
他把荒原卸在哪儿了？
他把丁香和玫瑰扔在哪儿了？
他一说出“残忍”这个词
我们的心脏就像被铁锤重击了一下

现在天空是一个晕眩症患者
月亮和星星都是他的幻觉
他抓不住的欲望
现在大地是一个失忆的老人
他把每一粒萤火虫都看作他的儿女
他把晚钟遥远的声音
听作许多年前母亲的哭泣和祈祷

空气越来越坚硬的时候
石头和恶就会柔软起来
黑色交响曲开始疯狂地演奏之时

灯光的芭蕾舞也跳得越来越顽强和热烈
一个丢失了孤独的人在冰山顶上寻找孤独
一转身看到故乡的黄昏
正在沦陷中上升，在上升中沦陷

## 蚂蚁之歌

你们有很多名字：渺小、卑微、怯弱、平庸……
我不打算写一首诗为你们辩护
我只想靠近你们
用我的渺小、卑微、怯弱、平庸……
为你们祈祷

你们像穷人一样忙碌、焦虑
你们从不抬头望天
它的庞大、高远接近虚无
你们恐惧于动物的脚步声引发的地震
人类一口唾沫造成的洪灾

鸟儿飞过，你们抓不住它的影子
鱼儿从水中跳起，你们不知道
它在呼救还是在炫耀
你们仅仅从泥土的湿润和干燥中
感受世界的炎凉和善恶

我是其中的哪一只蚂蚁？
一棵草洞察我的命运
从不开口说出真相
我的脚往草地上踩下去的时候
是否踩中了我自己？

我和蚂蚁的呼唤都发不出声音
我们只能以急匆匆的奔走和团团转
掩饰内心的惶恐
阳光偶尔伸出手来，又倏然收回
我们习惯了被抛弃，习惯了

默默地面对死亡
相对于一粒没有活，也没有死的石子来说

我们卑微的尊严仍然是尊严
我们被漠视的血
仍然是血

## 地下河之歌

它在流。黑暗、岩石、冷漠、遗忘
都比它强大

它痛，它发抖，它咬紧牙齿
它流出的血来自母亲的子宫

它举不起旗帜，它也不敢
举起旗帜。它一直低着头，弯着腰

我们听不见它的说话声
我们听不见，就只当它不会说话

我们从来不想问一下：你要去哪儿？
你有多少屈辱和悲伤？

它在拼命地推搡黑暗、岩石、冷漠、遗忘
它们纹丝不动，它只好

缩小自己，扭曲自己。它与很多被遗弃的亡灵
被埋葬的秘密同病相怜

它成为泉水、江河、瀑布……
这不是它想扬眉吐气，它仅仅是

听从一个神秘而又庄严的召唤
它在完成一个使命

它即使开始歌唱，也不是为自己歌唱
它是为了被遮蔽、被封锁在地下的

那些呻吟、嚎叫、呼救……我们在倾听中
也不由自主地开始呻吟、嚎叫、呼救……

**邓翔**

# 狂奔的色雷斯人·6首

## 狂奔的色雷斯人

理论上说，若物体移动太快，空间就会变形
记忆也会吗？我又回到了这里
在新旧两个分开的航站楼转换，就像
当年一位逃难的色雷斯人，他刚从水井里
绞完一桶水，挤完羊奶，
罗马人就来了，他不得不赶着牛车，带上妻儿、
包袱，狂奔。而我奔跑又是为了什么？
为了另一地聚会、另一场告别？

我晓得，那一天已无法重现
连精确的德国人也无法再现那时的航站楼
也没有五月“德国的晴天”
一切都在改变！

但我仍记得十八年前的那一天，
也在同一个地点，我站在接客厅外等候
那个七岁的男孩，在到达厅内蹦蹦跳跳，
硬币一样跳几下，就消失不见了。
“是他吗？怎么一年后还没长高？”
我不安地疑问

整个过程是难忘的，连那天明亮的
光线，从车窗外射进来，照在坐在我腿上
你绯红的脸上。慕尼黑郊外的原野
平整得像刚刚叠好的餐巾

而此时，我再也找不到记忆中的景象：
那个男孩，那辆陈旧、浅绿的S-Bahn
载着我们，重聚。带着满足的表情
从夕阳下归来

“不要紧，众神会一直领着
我们。”那位逃难归来的色雷斯人相信，
他会重新找到泉水、家人、那只走失
的山羊

历史微不足道，记忆更是如此，
就像那位无名的色雷斯人
就像我衣兜里折皱的登机牌

## 罗兹的梦

我很久没有碰过
她丰腴的上身斜靠在椅子上
梦见了一个清晨

在一个阴暗的房子里，我们不得不
将生锈的门窗钉严
抵御嗡鸣的蚊蝇

黑色的湖面上，燕子低飞
飞快地剪着呕吐过的云彩

“你也与那长者发生过关系吗？”
如今他已经死去。
在一个十一月的雨天里

儿女们已经流落到不知地名的天边
“他们自己会操心自己的生计”，你会这样说
我僵硬的膝头开始为我们的疏远道歉

而现在，你讲着波兰语，语气决绝
“父辈们的话我们已不会再讲，
那些死去的亲戚也不知了去向”

可水中的刀划破不了你白皙的皮肤
就好像我多年穿过的衣服
走过霜冻的大桥

此刻墙上水管里嘶嘶的水声
和你说着同样的话语

我爱你多年

## 悉尼歌剧院

我们就这样安静地坐着
来自不同国度的男男女女

我们看着
白色的贝壳和风帆在太阳的
血液中穿行
我们看见他们溶化，扭曲
直至凝固

最后，死去的是你
我们又醒了过来
我们在黑暗中四散开去

因你，我们得到了片刻的不朽

## 南　方

温情的紫罗兰和金黄花瓣的向日葵，
这时，像做过错事的孩子
低着头，在雨中。
话语虽然断断续续，在屋檐下避雨
不知不觉地又谈起了诗，
谈起阴暗的木板房快要倒了，
犹如孩子砌的积木。
你说你喜欢大草原上那灰色坚硬的石头。

被太阳晒黑了皮肤，那个男子
坐在开往南方去的火车上；
穿绿色衣裙的姑娘，
总是沉默的。她要走了。

我的衣服已有几周没洗了，
棉絮已有几个洞，
蜘蛛降落，像一个跳伞的人，
小心寻找着陆的地方。

## 搬　家

房间里的空调坏了，对于正值仲夏的
昆士兰是一件倒霉的事
与房东协商，我今天才搬到
公寓的二楼。没有九楼阳台外的景色，
特别是夜景，但也算有另一种经历

记得四年前，我也住过城里的一家公寓
刚到，我就急忙赶往超市，购买食品和牛奶，
然后上街，办事，回家，和衣睡觉

我已记不起我所接触的人和事、当地人奇怪的口音
只记得有一间超大的阳台
然后晚上一人在阳台上品尝一种有点苦味的啤酒

我还记得，在去黄金海岸的火车上
与一位日本女孩搭讪。她在车上睡着了
后来又碰见了一位移民到新西兰的大陆人
沙滩上，几个稀稀拉拉的游客
空置的、样式平庸的海景高楼
索然寡味的海岸和大海

每一次搬家都意味着什么？
我都好像有一种感觉
一定会留下我曾来过的蛛丝马迹
下一次，我还会站在同样空空的阳台上，
看着远处同样的楼房、河水、渡轮？

每一次我离开居住地，我都想对床，对房间说
“你还好吗”“再见啦”，这也许是最后一次
一定只有一次，就你，我们曾如此亲密

我被掏空的内心在此地面向你
在别处也会如此

## 念一个日子

我们仨人走在夜晚的斜坡上
我们看见星星仍与以前的相同
黑暗中的山岭好像暗藏着更久远的符咒

空气中有烧焦的气味
是你喜欢的藏香
还是焚烧的肉体

可妈妈，我已记不起我出生时你的表情
我儿子也无从记起
只记得，当你谈到我时，你脸上留下的甜美笑意
而现在，你在玻璃盒子里
嘴角边抿着的生的苦味

你将成为哪个星宿，你从未说过
但你肯定地讲，你来生
将会回到此地
照看一畦菜园、一片树林

谢君

# 太空漫步·4首

## 太空漫步

也许我们都有一个永远不会死亡的朋友。
青少年时，馄饨店出来，撞上拖拉机
车头一直把人顶至一堵墙，结果
墙倒了，人没事。高中毕业
在公交公司，想赚点钱结婚
业余时间跑长途，货车开到
江西，起火，爆炸。车没了
人毫发无损，连自己都不信。
最近又出了事，家庭变故，忧郁，
从大桥上降落，但又救了回来。
我刚想起他的名字——石铁勇。
这名字隐藏着友谊在小镇
九零年代，我母亲上街
买一刀豆腐提两棵白菜回家
他母亲也买一刀豆腐放在
装着两棵白菜的篮里回家。
我们一起上初中，把书包
往右肩一甩，快速徒步
小镇空旷，一段铁路也空空旷旷
翻过铁路，砰，蹦出一辆中巴。
我们也一起跳过舞，峙山下
水泥厂空地，水泥厂的扬尘
不知地心引力，轻柔不可思议，
石铁勇将自己支了起来，用单手。
还用一个下午教会了我太空漫步。

## 烈日倾斜

我耙了一堆树叶，用于引燃拖拉机轮胎
以此打扰白云。平静的八月
自然光几乎可以充值
和凝结，但也无法使世界
更加清晰。五十公尺外，父亲
拐着腿正把自己送往
空旷湖边。树叶浮升，在空中回望
如果你真的认为那是回望
可能会想起母亲，修补草帽
用一根棒针，也在八月之光下。
但是对不起，我不能忍受她的脾气
我最剧毒的状态
在与她战争爆发时，在一个
风平浪静持续五个世纪的小镇。
五十公尺远处，有人在湖边环绕
我的父亲越来越老，生活
安静，明确，星星无数但已失效。
这不能怪轮船通过
也与稻田上火车的晃动无关。
火车很长，火车很亮，火车的感觉是
你是一个一闪而过的傻蛋
当树叶燃尽在空中变成
银色，被气流吸收浮向太空更加明亮。

## 垂直孤独

胡志刚写诗，单词堆叠像竖柱子
形态特别细长
让我凭空想起旷野上支电线杆
几个民兵队员在人字支架旁
很吃力和孤独的样子。
也让我想起一种植物
——黄麻，大片大片的
在萧绍平原那个地方，秋天
麻花开放之后，拔麻，剥麻
捆束，装船，送去省城

成了繁重的劳动。
它的品种是苏联的
青铜的色泽特别美丽
因而种植广袤，我的长腿
跑着跑着，就在广袤中跑拐了。
跑拐了只好睡回床上
它趴在地上像一只海龟，
但脚是铁的。每天晚上的世界
就是我趴在海龟上的一个晚上。
一晚一晚累加，就是
一种孤独。孤独是一种
永远无法扔弃的东西
因而被我封存了，装入陶罐
罐口糊抹泥巴形成帽式封盖。
我显然没有意识到
它们可以叠垒，垂直，像
胡志刚制造柱子那样一根一根的。

## 噪　音

高空，一个椭圆心旷神怡，不清楚是
金星的轨迹，还是一架FC-31
离开航空母舰在给定的时间内
顺风返回时的一个活动圈。
看不到焦点。
我不太在乎焦点
我的意思是现在是10:02
一个老头在马路边出现
从五十步外过来
热情地拍打我的车窗，亮出
扫描码：30元，放心停车。
但那确实是一个椭圆，像我的
后脑勺。扫码后我摸着脑勺
好老的头，它需要这种爱抚
它是我的大脑，现在有点
轻微噪音，有点谦卑、温柔
不只是一点点温柔，它只为我所爱
吟诵，为亡灵，也为我的宝贝和傻瓜。

宇向

# 图书馆·6首

## 托尔斯泰修鞋

托尔斯泰写累了
就去修鞋
离开写字台
去修补他的鞋

他想悄声出走
烧掉所有写出来的字
如同很多写字的人
如同他放弃所有家产

托尔斯泰想累了
就去修鞋
从修鞋的屋子
他悄声出走

修好的鞋足够进深山
他栽的树也已繁茂
树下有一座坟墓
没有碑。没有字

## 图书馆

我忙于修补自己
为不断有纸伤而过程缓慢

用纸指头，曾经
它被作业本的一页划破
（一道红留在那
和红圆珠笔的批注挨着）
用纸嘴唇
在后来
它吻出一座纸的江山
我得以来到纸世界
见到纸的人民

他们用脆弱、废弃的纸
建房屋
用揉皱、抹黑、易碎的纸
建避难所
在纸的重灾区
建厨房、博物馆、桥梁、剧毒柜、剧场
一片片阴影
设计师用光滑、空心的纸管
做神殿的立柱
建与被毁的教堂同等大的纸教堂
在新西兰基督城，它容下700人
在民国，纸教堂里能放置80个座位

这里是纸的所有
家园在纸上
祷告在纸上
文字离开时
人们还在纸桌椅前读、写、发呆
在纸的刑具上忍受着痛苦
在纸的命运中
盯紧死亡

他们用厚重的书的封皮
做镜子、墓碑
用薄的插页做花圈、钱币
我的男人用一张孤独的纸
做自习室
练习本是回收的纸做的
我的小孩们歪歪扭扭地写着

裁着，用遐想和游戏叠纸飞机
他们总能爬上更高的台阶，迅速将飞机
投得更远。向四面八方。投进
一个和另一个年月

这不可挽回的年月怎么变？没人能逃脱
指头被纸划破
这全部的所有是一座图书馆它始终如一：
这纸的肉体，没有指南针

## 残酷的画

用笔建归属
为人得其所
光、树木、花丛亦欣然
用家中小钱
帮助同道
互为模特
29岁。英隽、羞涩的巴齐耶
仅仅来得及
去拥有一场战争

另一个巴齐耶去地下室画大自然
停战。开战。一轮又一轮
计日以期
他可以活到一战
甚至二战
唉，高龄的巴齐耶
画也画不完的风景
偶尔：白茫茫画里痛失亲人
有一张尸体写生：爱人待葬

另一个巴齐耶走避他乡画教堂
画舞会。辗转着。画午餐
画日出。活下来。画裸体
老病时困在轮椅里
手坏掉就绑上5根画笔
画数不清的花

另一个巴齐耶哀求又怒怨
都没打动巴齐耶

子弹穿过的青年巴齐耶
倒进滚烫的泥尘
如同另一个巴齐耶
深深陷入无边的亚麻布

## 误　读

如在苦修僧的垫子上
坐着的人
身子往前伛。伛到活人
能伛到的最大限度
即便有雪
盖住他，也不抖掉
他胸腹的小马，也几乎不动
瘦骨身架。腿直挺挺
活像马形蜜糖饼

他是车夫约纳
他曾对一个军人说
对三个年轻人说
对另一个车夫说
他说（每次说的机会都不放过）
我的孩子死了……
回应无非是
大家都得死。加之以
骂声和嫌弃
他便孤身一人，对自己说
对他的瘦马，他倒着草料
一肚子的话，统统倒出
小马嚼着草
热气哈着主人的手

你读人为什么读
为什么写。契诃夫为什么

在《苦恼》下引用：
“我向谁去诉说我的悲伤”

## 命　名

一个名字
落在站台上

有人慌乱中
翻遍口袋
对乘务员重复着我有
我有
有人敲字时找不到词
对着空旷说，我有

车次已过期
人会把名字丢掉
不是失落
在废弃里
在无用里

等待一整天只走神一会
便有什么溜走
有人说不过谁
随手扔的废票
困境早已解除
我何尝不知
我若不捡起
它可知是谁
乘上高速列车

我不是独自夜行
另外的时候我会觉得被打扰
它不是打扰
可以写可以画可以涂抹它
可以叫它干什么可以编排它种种
可以再次乘高速列车
补上曾经的旅程。可以

有人将
快捷地死去

加速
加速带我回到
一间可以非法享乐的房子

## 没有你

纪念1890.07.29

没有你
阳光照旧
向日葵从不随处见
造物歇息。柏树是柏树。燃烧是燃烧
世态炎凉。众生也方便
即使狂风扭曲每根枝叶
丝柏仍安于树的秩序
不溅出一滴星火
没什么要离开什么
我只是，走出我的黄房子
像我未曾拥有你那样没有你
像从未有过你那样没有你

没有你
星月当空是完美无瑕夜
无情是从善如流的教育
紫色不蓝。田野不蓝。万物从不像海洋
黄金稀释于空，流落世间
乌鸦善变“黑”（好极。坏极。坏极。好极。）
狂风扬起这群死鸟看它们飞
我曾埋下无名，不断埋着
它止不住的形容词
独自，退向黄房子
像我未曾见过你那样没有你
像什么也没有留下那样没有你

没有你
我自把阵风引入星空
用视力，用挥手。引入
不安之外的不安。撼动之余的撼动
被其他被大意被麻木被落下的
别的橙、黄。别的硫黄
绿的墨。以及关于相系的分辨
我埋着“我也”
躲闪着那些指认疯癫的指头
但你是，选中的你装点出发点
一座现实街角的黄房子

那时我沿山路落泪
走回我们的黄房子
没有你
没有你
我有确切的感受：
你曾与我一起
沿路哭

江雪

# 诗人的月亮·9首

## 黛安的夜

黛安的夜，沉迷于虎的睡眠。
她已习惯向死而生，
用良药、苦痛，伺服她的病人。
那些幽灵，死神派来的天使，在病房间穿梭。
那些伤口，滴血花蕊，性感骨头。
挽歌如白布，缠绕，覆盖，
灵魂起搏器。
黛安的夜，诗人寂寞抒情。
山河依旧，荒草与茎，有人继续欢爱，
有人继续挖掘
理想主义者的遗址。

## 森林童话

抛弃过度想象的
表现主义，成为这个冬天
我一直思考的命题，
包括他们抛弃的
少年乌托邦，
被隔离的森林童话——
“我们掐断了祖母手中的引路绳”[1]。

①改写自美国诗人、作家埃德加·爱伦·坡诗句。

## 奎因句型练习①

这是一条狗，
这是水，
蓝色的，
这是玛格丽特 · 扎邱。

这是一棵树，
这是风，
灰色的，
这是路德维希 · 维特根斯坦。

这是一种病，
这是肉，
红色的，
这是哥特式的海德堡宫殿。

这是一首诗，
这是你，
黑色的，
这是被天空埋葬的天才乌鸦。

①奎因（1908–2000），美国哲学家、逻辑学家，逻辑实用主义代表人物。奎因强调系统的、结构式的哲学分析，主张把一般哲学问题置于一个系统的语言框架内进行研究。

## 乡 气

母亲和我在老家新屋门前
栽插蔷薇和月季的枝干
母亲说，这些树枝如果在这个冬天
挺过大霜和冰雪天气
就会发芽长出叶子，然后开花
我满心憧憬
那个芳香四溢的春天快些到来
我要找回久违的少年气息
故乡草木的气息
泥土的气息、清水塘的气息

青砖黑瓦新坟的气息
如果能把它们像蕲河水一样
装在一个大玻璃瓶里
那该多好，这样我就可以
带回城里放在茶几上
如果想念故乡
我就打开瓶盖……

## 父亲和我

父亲老了，头发越来越白
白得像雪，白得
让我想起少年时代的一个冬天
他从南方回来
带我去吴湾亲戚家喝酒
那天酒席上，我趁大人不注意
偷喝了一大杯谷酒
结果不省人事
吓坏一屋子亲人
当我慢慢醒来
一场大雪将乡村覆盖
父亲没有打骂我
却由着我的性子歪歪倒倒地走在
回家的雪地上
我至今记得
微暗的雪地与旷野
除了父亲和我，空无一人
远处的田舍传来鞭炮声、狗叫声
雪地上一大一小的
两串脚印
沿着河岸通往上武松村

## 考古学温床

潜水钟罩，沉沦与深度。
我们仰浮在死海里，呼吸，观察海上星空。
海底，废弃的城堡与巨轮，

考古学温床，时刻告诫我们——
天堂与地狱之间，
最黑暗的
隧道，潜藏在大海里。
而大鲸，沉沦与深度的另一种
考古学温床，
伟大而绝望的潜水艇。

## 诗人的月亮

在给诗人杨子写评过程中，
我发现他的诗中时常出现一个词
——“月亮”。
这个词，诗人从上世纪八十年代
写到新世纪二十年代，
从青年写到中年，
从故乡写到西北，从西北写到南方。
一个词又一次穿越一个世纪，
这是一个奇迹，
关于爱意与言词的奇迹。
也许它是诗人追忆的
少女驿站，
寄存梦想与灵魂的栖居地，
也许，它是诗人内心
筑造的城邦。
感谢诗人，在汉语中
为我们打开
一个个熟悉而陌生的窗口，
遥远的，神秘的，
永恒飘浮的
球体窗口。

## 经　常

我经常梦中作诗
一觉醒来，就像邻人抢记遗嘱一样记下
那些稍纵即逝的诗句

我经常莫名地在午夜哭泣
泪水打湿死者的书籍，包括那些陈旧的
画作，画中不朽的山河

我经常想起你，人群中的故人
我们还在绝望地活着
洪水又将漫过家乡漫长的堤岸

我经常翻阅东方圣贤的经书
书中一簇簇黑暗，有如时代的烟雾缭绕
我们的快感肉身：危险阁楼

## 斑　鸠

大约一年前我注意到
斑鸠的鸣叫声逐渐多了起来
它在磁湖边的树上叫
它在柯尔山的树上叫
它在江北乡下的树上叫
但闻其声不见其影
它们像幽灵一样
潜伏在暗夜里，在树林中
我听不懂鸟语
但斑鸠的鸣叫让我意识到
一种声音的存在
一种语言的存在
一种生命的存在
当然，较为可能的是
它仅仅是在与另一只斑鸠对话
与一群斑鸠对话
关于爱意，关于饥饿
关于山川草木
关于衰败，关于寂静
哦不，关于黎明

曹疏影

# 致女人的诗·8首

## 茨维塔耶娃（一）

孩子黏腻趴在我背上
我黏腻钻在白昼里

他们开花朵
我抓树杈

你们那些松脱了这命运的人
从未缔结这命运的人
坐长椅可不发一语垂下左手和右手的人
斜牙斜嘴巴看人的人

我总是太忙，
我不能及时赶回他们身边
我没能照顾好他们
我分他们一人一副骷髅妈妈，
搂着睡。脂肪悄悄黎明——

茨维塔耶娃
你是个好妈妈！
我说卑微而绝望
才是最好的妈妈！
求人给她刷碗的工作
然后一举自杀——

我的女儿也叫索菲亚

天亮了，她的脸蛋上
是夜梦的露水
我的手臂上
都是现实的咬痕

母亲是要滴血的职业
茨维塔耶娃，你是我知道的
最好的妈妈

## 茨维塔耶娃（二）

风在外头呼啸
于是庆幸，我有窗

我在将茨维塔耶娃
几辈子都过不完的一生
赶写成三行字
俄罗斯的白银时代，
我比它更赶
但庆幸，我有诗

想起你的眼神
自夜之深井中
望来我这边
于是庆幸，我有过你
的那些夜晚
藏红。藏红花。

## 秋吉敏子

看见几架夜机
起飞时，好像背负着什么
巨大无名之物

想到一些人，
睡去时，好像跳进了什么
再不回头的深渊

夜，有这样一种决绝
但飘过一朵云

而海吹弹可破，
我想起像在大海中弹奏的秋吉敏子

想起昨夜对我笑的眼睛
也消失得同样决绝
和大地上其他的事物一样

想起一些行为保守的人
一些头脑开放的人
一些用身体去撞击世界的人

人们发明了梯子
然后爬到一个高处

然后发现什么也没有
他们中的大多数可以爬回来而心满意足

我有一个朋友坚持诗是在梯上才能读出来的
要是我，会换作桥的中央：
在那里回望什么，都是一样的

只有风的方向
衣衫的方向

## 给C

她掏出口红补妆
像玲珑刀锋，收割
我们刚刚说过的话

我转过头，不忍去看
这里面有忍耐，有恢宏，有气宇堂皇
邀我去参与

“而写作毕竟能堆积意义”
“而写作是朝向未来的”
我想未来，是静静
放入过去的一粒糖

此城此夜大寒
圣诞树郎当
我身边供暖的火炉筒
在对街玻璃窗腾起一束
镜像的火焰

有一小会
我们停下所有的话
兀自看倒影——

——流离之火
曾经是我，
后来发现是憧憧此城

我想说，那火焰的另一半
就是你手所执，
莺红之膏，
我们滞凝于此，
点亮最鲜艳的盐

## 野兽建筑师

给傲霜

朋友推着儿子来我家
我推女儿去接她
两辆婴儿车
像两球雪糕
并滑
在终于明亮的夏天
婴儿们的小脸
都冒了汗渍
我们积攒的忧伤

此时都冻在雪糕里
暴风雪缄口不言
外界都只能
看到我们的忧伤——
那些忧伤，明亮而摇曳
建筑一只只野兽小公园
把它们坐落在尘埃上
记忆们跑来跑去
小而肥美
她就是我十三年前见到的样子
小虎牙，善良
我们各自飞翔，但都在
以后的人群里撞上仙人掌
都踏入一些海水
摸索岛屿……
而万物蜉蝣
在这个夏日的午后
而我们如今，竟然
像两个真的妈妈那样
并行，一路聊着
跨过生活黯然出现的阱
而并不自知
无须知道什么
树叶里卷着一千万个微小的夏天
每一个都鲜艳，如我们
将要亲吻的婴儿

## sylvia plath的打字机

sylvia plath的打字机
我放一部在面前空气里

我在我后面
又写一个湖

很好的一个湖，大，而环绕着
所有的阿凡提，所有的鲁班

世俗，是从他们那里来的

世俗，分为“智慧”，和“不智慧”
而“不智慧”又贪婪又可爱

我不写这个湖
就什么都没有

plath的打字机
吐着她的血，她的儿子的血……

## 萧　红

那么多死亡挂在她身上
我想为她一一摘去

刀子下的死，烂完了的死
病毒和绿牙齿滋生的死

坑里的死，白脑袋兔子
它那死一般的死

大鱼在江水下吞吃血块
度过她一人那么多寒冬

我来到香港岛的灯火里
想帮她熄灭那些残忍的火焰

可那么多死亡挂在我身上
不会疼的死，笑着的死

桥上的、发烫的液晶屏里的死
散步时的死，被死亡梦见的死

他们按下按键
选取它们而无法删除

火焰从不停止燃烧
夜从未停止吞噬

可那么多的死挂在夜的身上
气息芬芳，浮出这个世界的重力

## 给D

（你说科学家喜欢解释，我说所以他们不是诗人）

蜂鸟停在她肩上
它能带给她的，你也能

雷电停在她的记忆里
它能照亮她的，你也能

她在葡萄丛中走
紫色能够淹灭她的，
你也能

你拔猫胡子
剃夜须

她捡弹壳做食粮，采矿
万事万物令她低头一笑的
你也能

伽蓝

# 风沿着身体臃肿的弧线吹过来吹过去·9首

## 风沿着身体臃肿的弧线吹过来吹过去

听张孚老师谈人生

我们一起下车，在柿子树下
站了一会儿
张孚老师讲早年下井
煤绒，隔着六层口罩渗入肺里
出煤时一百度灯泡
像一粒香头儿，悬在头顶
高大的班长，每天领着大家下去
又领着大家回来
讲起为一块劳力士攒钱的
年轻矿友，钱快攒够时
出了事。他说自己仍会
梦见在黑暗巷道里寻找出口
而惊出冷汗。透过他的眼睛
我望见滨河公园、永定楼
永定河水掀起澹澹寒波
哦，鸦群撕碎鸣叫的早晨
这位痛苦中走来的老诗人
头发斑白，边说边笑
仿佛在说别人的故事
仿佛刚刚读完一本闲书
抬起头就老了

## 刷漆工的坚韧

站在脚手架上刷漆
整整一个上午，他都重复一个动作
现在肩膀有些酸疼
而靠近窗户边的一块
还没刷。漆桶放在脚手架的搁板上
刷子沾好漆
身子向左下方小心地探下去
探下去，将自己扭曲
成一个倾斜的“N”字
约莫一刻钟，他才将
这一小块刷好。当他缓缓从脚手架
站起来，像一个人
从老年慢慢回到青年时代
而他的影子在背后的墙上
也慢慢年轻起来

## 遗　言

怎么说呢，当阿喀琉斯结束这一世
而下一世将来之时
有什么话留给这世界吗
哪怕一粒沙、一阵最后的耳鸣

飘起来了，一朵云。他终于
什么也没说。只有一些
被苍蝇盯住的颠倒影像，在伤口中
颤抖，并将经历更深的战火

## 哭　梅①

当他听从灵魂的指示，找到那十几株梅树
并指派士兵挖出她的尸首
裹以锦裀，盛以酒槽，视其伤
肋下的刀口依稀可见。他忍不住大哭
他的泪水和耸动的肩膀

让他变成一个沧桑的老人

然后，以最高礼仪重新安葬她

①梅，指梅妃，其事出自宋传奇《梅妃传》。

## 现在，他[①]感觉（1226年）

风，再一次
沿着马屁股的弧线爬上来
拍打他的脊背

他的头发和往事都向南飘散
他的沉默再次分解
二百零六块铁
剩余的柔情皆化为尘土

策马，在不知名的草场
天空低过鹰的翅翼
而他的心如此无名辽远
直达世界尽头

即使蝴蝶也有托起宇宙的力量
他想，不久
我将化身为一场前所未有的飓风
席卷一切

①指成吉思汗（1162—1227）。

## 最后的1900[①]

这是最后的时刻
小号声沿着空空的船舱
寻觅，注定一无所获
工人们已装好炸药
对退役游轮的安慰
钢琴声在船体暗处醒来，游荡

心事已说尽，现在
只是一些雨点般的爵士
曾经四只手
演奏的胜利已不复存在
还有爱，消逝
在玻璃窗中无法触碰的
红唇，多么遥远
血液中的音乐也不能找回
那隐秘的欢乐。这是
最后的1900，回味曾有的
幻影，怀着对陌生世界
的恐惧。已没什么
能挽回冲向死亡的牛角
绝伦的才华，也将消逝！
哦，或者在最终想象中
化成一阵风，来到
交响乐般的纽约，攥着
一个女孩的地址
没准儿她能看见他，迈着
轻快的脚步，穿过纽约
曼哈顿区中央大街

①1900，电影《海上钢琴师》中的主人公。

## 暮　年

只剩一具疲倦的肉身
他丢了影子，也
丢了爱，找不到雇主
整天没事可做
不像年轻时，有用不完的
力气和才华，喜欢笑
造过几座空中楼阁
现在，每天晚上咳嗽
带着血丝，让夜晚难堪
白天的散步
从东村头去西村头如跨越
千山，万水

望着似曾相识的街巷
他总会想起从前
忍俊不禁的快乐与希冀
挑起山头彤红的落日
坐在石头上歇一会儿
和人打招呼：喂，看看
那杏树上吊死的
老头子，你把他的魂
带回来啦，进家前记着
磕磕鞋跟儿……从城里
归来的男人，没带回财富
像海难的唯一幸存者
不停呕出湿淋淋的鸥影
他不能确定自己，会再次到达
一个充满回忆的早晨

## 乡巴佬

的确，很多次
我都试着和自己谈
谈着谈着
就都忘掉了
还是干活更牢靠
可是干活时
又常常走神
不知道想什么
当周围的空气静下来
或一个雨点
啪地打在脸上
我又看见了山
温和坐着
我可有可无，但也
能感觉它的温和
无处不在
不过，更多时候
我什么都不说
也在山脚
坐着，一根一根

抽着烟。天气很好
狭长的山谷
不时响一声鸟叫
穿过慢慢
扩散的烟圈

## 暮　色

暮色，就要下来
风在白桦林枝梢上荡秋千
喜鹊叫了几声
乌鸦也叫了几声
它们不在意谁在死去
谁还活着
每件事物都有自己的翅膀
轻轻扇动
暮色与往常一样
正从四面的林子悄悄走下来
像一群蓝色绵羊

张永伟

# 夜宿永康·5首

## 我在我的身体之外活着

我在我的身体之外活着——
我看见一个蓝色的影子
移动，或静止，在河岸，
车顶，犹疑的人群。

在小女儿的笑声里，我
偶尔会活过来，在树枝的圆月里，
忘记了肉体的忧伤，对着
另一个自己微笑：

一切都是暂时的。
我坐在紫藤架上，像紫藤花摇曳。
看蜜蜂巨大的身影下——
人们像尘土，歌唱着尘土。

我在我的身体之外活着，
甚至不是我写下这些字。
我总是想起那让我惊讶的场景：
我从我的身体里一跃而出——

我常常在酒醉时清醒，
我想这是我的身体已变成了
另一片国土。没有疼，没有麻木。
像一枝探出栅栏的花的遗体。

## 夜宿永康

那是月亮栖落的声音。
石头和玩具睁开眼:
我们静止地游动,
在彼此睡梦的悬岩。

红橘短笛闪烁——
青云高树,登上方岩。
史前海盗船。
你的心因惊讶而开放:

鱼群的花瓣,穿过月亮的伤口,
穿过混沌的大海与天空。
我们尚未到达那里,
音乐在青铜里弓着腰身。

松鼠的琴手,倏然一跃,
蜗角上的黑暗轰然荡开——
那让群山嗡鸣的震波,
轻盈地止息于我们的石头耳朵。

## 陪陈亮看汉画馆

给臧棣

女儿的独角兽,带我们飞入
砖石的图画。
多年后,辛弃疾会看到——
你的剑折断于未来的红灯。

朱雀与白虎的门童,让你
释怀长笑。手执江南的仕女,
有着魔幻细腰。
在凝固的乐音中,金人飘落。

细雨洗却我们额头的铁屑、砾石
丹霞的红色——
带来一辆新车。羽人玄武,拉车的鱼群。

再次飞过橘树、稻田、石头记忆。
在月亮中爱上做梦的蟾蜍。
画完龙，你丢下状元草帽，
卧听竹门上一阵轻风。

## 秋水归来

刚生下的小杯，天鹅
莫扎特，在黑白间舞蹈。

它的大女友，已从多瑙河
飞到小黑湖，吃了她——

两只火红的官员说。
酒泉高亢，用琴声抗议。

我和女儿，秋水归来——
敲着启明星渐灰的颅骨。

## 紫色的

紫色的，阳光。雪飘落着。
是的，每天都在飘雪。
穿棉衣的母亲，坐在椅子上。

村子后面，路已切断——
神和银灯隔离在山上。
紫色的，悲悯的眼神：
父亲在隔壁踱步，搓着双手。

高大的皂树，隐藏着繁星。
有时候，土地像大海
晃动几下。被惊吓的动物
屏住了呼吸。

# 白鹤林

# 耕作集·9首

## 草稿箱，或书店诗

书城里也辟游乐场，动静不分区
如同毛手毛脚的地产开发商
天真的孩子们在封闭而自足的空间
折腾热乎乎身体，和心凉的母亲
文明和幼稚总是一墙之隔？
好比大师往往只写了一本小书
做白日梦的作家们动不动搞出大部头
而贫困的阅读者，妄想在书中求证
早已失业的真理。书城里的圆形天井
并不通向自由天空。半透明的玻璃
与金属球点支架，也不顿悟思想
败坏道德的福楼拜，从未古板过时
他死去一百三十一年后还在反对
世间庸见。而顿悟于巴黎的凯鲁亚克
他一直走在垮掉的流浪之路上
作为诺奖的新宠儿，赫塔·米勒女士
她总是向我们提一个同样的问题——
“你带手绢了吗？”而今却被聪明书商
随热卖的十卷作品集，赠送时尚挎包
当然，年轻人还是喜欢酷酷的韩寒
这个中国“80后”赛车手写书但不是作家
而我也不是一个明智的读者
我只会玩手机编短信，并把它保存在
你们谁都别想看见的草稿箱里

## 卡尔维诺

傍晚时分，在时常光顾的
东街红帆书店后面，我们发现一家
新开不久的书店。它有着比这个傍晚
更加幽深的门面——恰似一本书
在时间的僻壤处翻开。一楼的书架边缘
张贴着两三张古怪或生猛的纸张
像是给谁的留言。因为等待着
虚构的相遇，而露出生气的表情
两位守店的年轻女子，在观看不知名的
肥皂剧，不时传来压低的笑声
而我们来到二楼，继续猎寻一本
自由的诗篇。阁楼上的书架大部分是
倾斜的（它修正了读者的失望？）
我倾斜着身子和眼镜，把杂乱无章的书籍
浏览，却发现它们全都是陈旧的
仿佛是上个世纪的错版。当夜色完全
笼罩神秘的小书屋，我们回到
来时的街道上。跟着那寒冬夜行人
步出了装订有误的，只有开头的故事

## 读瓦雷里想起大海

那曾经眺望平静屋顶上白色的鸽群的
瓦雷里先生，他中文版诗歌全集的整个封面，
正是蔚蓝色的大海，和白云般簇拥的
层层波澜……它让我在这个细雨的清晨，
在已远隔千里的绵州，思绪再次飞回到鼓浪屿
丽日和风的海峡，回到午后或黄昏迷人的沙滩……
那是我第一次投身大海啊！而现在，我正乘坐着
海浪般颠簸起伏的11路公交车，想起几天前
我们还在环岛路的海岸，踏沙，逐浪，捡贝壳。
那些不同种类和形状的、色彩斑斓的珠贝，
如今已收集在我家中那透明的玻璃小瓶中，成为
孩子心爱的玩具——关于大海的拼图游戏。
是啊！只有大海是无流派的画家、琴师和歌手，
是诗人所赞美的变幻的生活的魔术师。只有大海

总是能在每一轮激情浪花的大方巾下，变幻出
不一样的礼物：少女的欢呼与孩子的惊喜。
当面对大海，我们必须成为思想者——赞叹或无语。
而每一次的潮涨潮落，我都听见了那更遥远的
世界的中央，传来低沉的、发自肺腑的掌声。

## 恰到好处

致杰克·吉尔伯特

我不喜欢愚蠢的封面，也不喜欢
漂亮和煽情的句子。
我不是修辞主义者、偏执狂
和哗众取宠的口语派，
也不为了反对而反对去写博客。
我喜欢笨拙的人（他在外面快乐地种豆子）。
他总是追求少和隐秘。
好像诗人的工作不是写作，而是耕作。
而是谈话：恰到好处。

## 石榴炸了

悼西默斯·希尼

石榴炸了！像一颗悬空的手榴弹
那样炸开了！像是谁在无声地呐喊：
秋天已经来临！残酷的夏日终于过去了！
而我从门庭抬眼望去，看见园子里
那棵孤立的石榴树，它也像一个
跟生活较劲太久的人，终于开始老了。
风中的姿态和动作愈见迟缓，
只剩下满脸纷繁、奋争的思想。
而正是一颗果实的离开，如一个自然主义者
在这个初秋的死亡，宣告了诗——
这棵巨大的、无形的石榴树，
从此具有了一种普遍而伟大的象征。

## 夜读庞德《诗章》

极端之午夜，寂静如一艘飞船
划过未知星球或后山的松林。有电流专注的歌颂。
你破碎的诗章是人类之心的密码穿越
象形文字的天空而来。赠我一夕会意的秋风。

## 诗与棋

我在读诗。我在下棋。
我在玩玻璃球、花生和小陀螺。
天真是一位初学的魔术师，
如卡通人爱上喜剧。

嗯！“善于在最微小的事物中创造吧。”
俄国人巴尔蒙特说。
我拥有这本《安魂曲》很多年，
却还是第一次读他的诗。

## 暗　灯

致罗伯特·勃莱

午夜时刻，
读这位已经八十九岁的美国老人的诗，
就像凝视书房天花板上的一盏灯，
让我似懂非懂而又兴奋不已。

半明半暗中，
我能看见那灯的灯罩是金色的，
形状如一个蛋形鸟笼。
但是里面没有具体的鸟，
只有一只没有亮的白色灯泡。

老勃莱的深度意象诗，
是否就像这盏暗灯一样，
尚没有在我的头顶打开呢？

而只是徒具一种形式？

我猜想他也不能告诉我答案，
所以，
过了很长很长的时间后，
（或许是十二个月）
我转头朝向另一盏有亮光的台灯。

我想，
只有它是无形而不熄的，
朗照我无数个被虚度的夜晚及命运。

## 老人与狗，或一张乡村的照片

这不是一部硬汉小说。
因此老人不需要像圣地亚哥一样
和大海搏斗，
与鲨鱼争夺马林鱼。

当我们经过那陡峭的山间公路，
去往山顶的石椅羌寨，
老人与狗是我用手机拍摄到的一个远景。

照片中你能想象到的更远的地方，
是我们想象的山水，
以及四季寂静无声的田园。
它们在虚构中虚构了一个梦中的海。

而那海正是乡村命运的写照。
就像海明威在梦中虚构了老人，
而老人在梦中虚构了狮子。

阿翔

# 故土诗·5首

## 故土诗

唯有俯瞰，才能远离。
这不曾作为我的借口，亦遮盖不了对待生活的态度，
自然就有了标签和不断地迁徙。
发黑的雨声笼罩着
可能的意外说辞，譬如漫长的焦虑，
都与尺度有关联，对于我，
经过文字的转换，才能迎来长夜聆听，
呼吸的起伏代表不了中年平和，
肉体主义即使是一场自由的拯救，
亦代表不了自己的一切。
在这里，我感到和她们是目标一致的，
不断进化出远景。故土的背后，
是难以愈合的隔离（如果恰逢命运的闪电），
或者什么都也不是。
置于废弃的事物间，远离，目睹浮云
变得浩大，似欲崩溃。
“在我未醒之际，黄金
寻找白银，这伟大的秘密，使我不停深入
自己，又不断放逐自己，
直到……捏碎嘶叫声，惊起鸟群。”
我来得不算太晚，即使我被惊醒也不算太晚，
无须显得踌躇。

## 飞行诗

今天我飞在浩渺的空中。通过
身下的几朵白云，体会俯瞰的视觉。
之前，飞机被延误了一个小时多，
我想了很多事情，在清晨努力保持清醒，
譬如刚刚下了暴雨，很快我看见
天空的蓝，借此愈合了伤口。
这还不算，小现实抖落了灰尘，
进入举重若轻的空气，就好像延续了
一个过程，没错，肉体是
飘忽的，深入到平稳，接近于
昏昏欲睡的状态，这差不多是
不由自主的底线，剩下一遍又一遍
的祈祷，显然不合时宜。很多
时候依附飞行术，看山脉
紧贴湖泊渐远，忘却所有，不同于
预感前方的紧绷。而内部就不一样了，
它倾向于耳朵的阻塞中，升降
迅速象征了绳索。我小心掩饰属于
云穹的乐趣，一如今天我把自己
交出来。如果时间足够，睡梦发出
金属声响，脱离与世界的关系。

## 回音诗

现在，你留意过缺席的生活
理解了视线有回旋之地，深知前台叠构并不可靠
能够企及的，那不是梦境
头疼开始隐约发作，表示你不能
说出的一切
不谙表演，即使是承认“延缓时间”，你没有看得更远。
无妨喜欢旋转木马的年代
灌木茂盛处，时光驰而过，那样不可抓取
你所期望的肯定远不止这一点。
适时开口，白发的少年凭空变换出鸟兽
几乎全部塌陷；今夜你无非皮肤发亮
失眠有多焦灼

从你的沉默到绷紧的美
一直被不知情的人称赞，在天气预报里：继续大雨。
而生活各就各位
除非，你打破微妙的平衡，能成为“被身体牵引
的夜间闪电”，能接受
双重的隆隆回音，“想象的后花园里
让头疼得以缓解”，那么安居并非遥不可及
同时，如果你要求黑暗中的隐瞒
这意味着你有洞察的心态
就可以拖到未来，使你还有无数种可能。

## 赝品研究

像乡镇旅馆使用过的赝品下午，
从里面看，有些塑料味，
但又不是显得不同寻常。你把你的时间
从一次性的赝品剥离出来，
逃离它的主义与教科书。
相对腐烂的言说，有些修辞不可能
存在骨骼，自助餐终于有了
剩余的结局。“家族史是马赛克，
如你表明的那样，也是唯一的出口。”
藤蔓从那里出现过一次，
所以，你和事实之间隔着赝品
时间。也可这么理解，你和下午之间的
假风景经常会变化。
跌入一个假象，椴木不可能
不得到木屑的补偿，攥紧的沙漏也许
比质感更环保些，就好像赝品的社会学
引渡到事实的另一侧——
“十二月的奇迹太需要验证，那些
不着边际的消息是赝品的
形同物。”没有什么比偏见更合理了，
甚至你还有底牌可言，
即使在野外面临着预言也不例外。
就像你的深渊适应了你的虚无，
乡镇旅馆适应了赝品花园。

## 赤裸补遗诗学

她很少出现在我们之间友谊的
传递中。我甚至还不能确定
我们有没有共同点，但语言能留下的，
无非是披着长浴巾的高贵。
“萨福，萨福……”在梳妆室镜子的深处中，
你几乎辨认出她是她的化身，
这不同于诗歌的替身。
我同时还是检阅师，能推测的只是，
假如她没有出生于一座岛屿，
她的孤独不会由此开始。
你仿佛收到过警告，说明在她的诗中出现了
黑暗，她在我们之间假装失足坠落，
你及时把她揽回来。或者，
她在天空找不到伴侣，不得不回到
尘世的圆形剧场。而我们潜回
她的卧室里，竖琴的语言
令我们在她的自恋中感到窒息。“萨福，
萨福……”我们之中，她的赤裸
为群星所饰，胸部的峡谷
没有错过时间的出色。集市上的木马
好像一点也不介意她邀请了你，
只有磨房的干草显得
如此安静。她把童年和青春借给了你，
如同我们怀念她绝美的赤裸，晃动于众多的
名字：从传唱的情诗到婚歌，
从颂诗到祈祷词，像试探你的秘密一样，
试探你在夜晚的友谊中
如何熟悉黑暗。而跳崖的孤独
仿佛绕开不同的别名，吞噬赤裸的黑暗。

达达

# 恍惚概要·6首

## 裁　缝

大地上的好裁缝已所剩无几
在正街上
在那金碧辉煌之所
在你目光扫视之下能一眼搜寻到的所有地方
看不见一个裁缝勤勉的身影转过
而偶然
你步至某个不起眼的角落
一间低矮的小平房
裁缝正低着头踩踏着老式缝纫机
踢踢踏踏
驱使一对缝纫机脚在原地不知疲倦地向前奔跑
步子密集细碎
仿佛去到了极远处
当裁缝停下跋涉的脚步
从一件正在裁剪的衣服或裤子上直起腰身
目光掉向门外路过的
你，与一名裁缝的邂逅
竟让人怦然心动
未来的日子，你还将多次往返于此
与裁缝正面交涉
讨论一件成衣的样式和完成时间
双方约定，定制的春服应和春天一同交付本人
而好裁缝也确实拥有天大的本事
总能拉扯一块冬天上好的布匹
剪裁到你春风荡漾的肉身上

## 白　狍

镜头里
一只稀世白狍
低着头吃草

白狍毛色纯正，通体雪白
但白得已有些发暗
像时间深处追出的一束冷光
打在它瘦削嶙峋的躯体上

境况如此糟糕，在它身边
已无一只同类伴随
据说它是自清乾隆年代穿越而来
孤独仿佛一张
岁月印制的标签
作为它穿行于世的通行证

但这也不能保证它的绝对安全
或许随时都可能倒在
一头猛兽的獠牙下
——那么，此时的存在
其意义在于什么？

而如果白狍抬头迎向我们
它眼眸中所包含的
落寞与木然
会深深打动我
记忆中：那悠悠万古的时间长河
确曾有过被定格的光亮一瞬

## 一条河搁置于窗外

一条河，那是什么概念？
一条大河或小河搁置于窗外那是什么概念？
一条河从来都是既定的事实
而窗户必是后来才有的事
像你出生也是后来才发生一样

是窗户占了河的便宜
窗户摘了河的桃子
而你长大，身高超过了窗沿
你站在窗前就看到了窗外有一条河搁置
那更是后来又后来的事了
虽然岁月亦如流水
但一条河绝不会从窗内流出去
一条河绝不会从天上挂下来
当一条河从遥远的源头流淌到窗外
恰好被你看到并搁置成一种命运
那不是一条河的错误
其错误在于时间
混淆了树与河二者的关系
树，内生长
而河，永远向远方延伸

## 草吹着口哨

风吹来时
摇曳的草就吹口哨
以此分辨那些似是而非的事物

一片草和另一片草
看着相似
发出的声音却总有差别
不信你把草叶含在嘴唇上试试
有的口哨声尖厉压过了风声

但并没有人愿意倾听一枝小草吹出的声音
它们太普遍，太卑微了
所以草吹出的口哨
只能自己听听，传不到真理的深处

可草还在吹啊，不停地吹着
不管你听不听，草都会把自己的声音传播给另一些草
并坚信总会有不同的草听见另一些草吹的口哨

## 我们睡过的草席

有好多年
我睡过的草席都像溪滩里的鹅卵石一样发黄
泛黄的草席铺在床上
疲惫的身子往草席上一躺
多么放松啊，一颗卑微的灵魂
就此被草茎收编
那时我如此迷恋一张铺着草席的床
屋檐下，散发着草席淡淡的馨香
我横躺在床上时总做白日梦
想梦见什么就梦见什么
竖躺在床上时轻微的鼾声会摇动未来
抵至某个不知名的远地
但那时我不知时间也是一条细细的草茎
一头系着我的来处
一头连着我的去处
我在草席上波浪般自由翻滚
脸颊抵着草席，裸露的手臂背面
刻着一条条草席的茎秆
像一个稻草人
裹满空空的梦想

## 在江心屿遇见苍茫

人在时间的壳中过活
并不自知
我戴着具皮囊行走天下
总得事后才醒悟
如果写下来
那是在学普鲁斯特追忆逝水年华
文字间透着一股时间的风
似真亦似幻

此时我想起几年前一个阴雨日
第一次来到江心屿
在细雨中绕屿一匝
路面湿答答，光线有些昏暗

小说家哲贵在前面引路
我们在后面紧跟
仿佛一部三十年代的默片
看上去我们并非最边缘的事物
更外围还有漠漠瓯江包围着我们
远处江面上时不时有几声汽笛传来
也不知是起航还是归航
忽然苍茫盈目

正如所有追忆都会被涂上一层灰色
当年，我到过的江心屿
依然挺立在汹涌波涛中
如今回想
我在江心屿遇见的
只是一个人的苍茫和孤独
人生中途，总会被各种迷离炫目所裹挟
若问我半辈子心中留下过什么遗憾
我会告诉你
面对天苍苍野茫茫的孤立无助
我总是忘记江的尽头还有大海
身后还有陆地和亲人
我从来都不是孤独一人

陈巨飞

# 十八行诗·7首

## 爬山虎酒吧

我们谈论湖水，短暂的和永恒的，
在一块表壳里相遇。
柳树有低垂的针尖，蔷薇
不谙世事。它开到了门边，
让彼此琢磨的人，有点偏离。
而白鹭用一只脚保持警惕。

此时，云正在涌来——
仿佛与会的人，还有一半在路上。
另一半在花海里学会隐身。
有人在翻一本旧书，
德文版，《存在与时间》。
细碎的雨点尝试翻译它。

麻雀从不空谈，蛞蝓
拖着长长的疑问。
时光的滴答声中，它们，投胎为我们。
这使辩论成为可能——
在夜晚，来不及发呆的樟树，
会变成一盏灯。

## 雕刻时光

如何解救阳光？
锯末提供答案。而座中饮者，

偏爱杞木和黄花梨。
在木头里写章回小说，
无非是秋风紧，落叶覆在杯中。
无非是一种声音，唤醒紫檀。

无非是从天上来。北斗七星，
作为榫卯结构，不停地旋转。
修缮紫禁城的时候，
木匠参悟一句偈语。
以形造形，用心中的佛陀，
捕捉一只狮子，身着袈裟。

反之也一样，也可以
用意念中的狮子，供养一座菩萨。
无非是伐木的人
放下斧子，拿起刻刀——
当我们俯视井底的星空，
内心充满了香火的力量和气味。

## 青阳腔

用什么来阻止母亲的衰老？
如果，她一直活在青阳腔中。
陪嫁的杏木箱子，就会
回到一棵杏树，结青青的果子。
而如今，杏花开在
母亲的头顶。像一朵白云，

开在九华山的山顶。台上人，
唱着“滚调”，俄尔鼓起、铙落，
有裂石之声从云端
直泻人间。台下人仰首，
接纳了不能承受之重。
母亲流下浑浊的泪水，仿佛，

陨石比杏花还轻。仿佛，
青杏的酸涩终于被释放出来，
浸泡着旧木箱子的一生。

散场后，火圈熄灭，山风
穿过寂静的黑洞。吊杆空空，
只有孤月，挂着一盏明灯。

## 从潜山经岳西到霍山

山顶的积雪，像是月光尚未散尽。
整个上午，我们谈起苔藓、炉火，
和荒诞的夜饮。一次酒局
是因信还是因义？
风吹落叶林：神的竖琴乐队，
在欢送月光之雪退场。

我一直没有说出，某年深夜
我独自驾车在隧道穿行，
——月光送了我一程。
月光没有送达的那一段，
山鹰的歌声做了补偿——
“火塘火塘别熄灭，熄灭了阿妈会伤心的。”

那些谷地、老房子都是旧相识。
我们回到家，
像是从没有出远门。
时光从河流抽出石头的骨骼，
吱嘎作响的山风，在童话里
实现了读什么和不读什么的自由。

## 致吕林麟

那时候，送信的人翻身下马，
在花溪河畔，
将自己寄给一朵浮云。
我坐在岸边，说起自己的前世，
顺便将这封信
念给一个叫吕林麟的人听。

从前，野花分布为

神话般的体系。
鹅卵石也曾发光、飞翔，
如果它是一粒陨石。
群山似册页，落日的钤印
盖在刻有“天下太平”的书签上。

白云归岫。信，如是读完。
我把它折好，藏于河流的褶皱。
乡愁可以安置在地球仓，
历史却不能。
渡口空旷，溪水如碧。
古老的寂静里，苌弘还在等着过河。

## 悲欣交集

——致李叔同

门外的侧柏，是破产了吗？
咱们后会有期。
从“我”之中出走的许幻园，
没走进正在施工的纪念馆。
那年，旧上海下了茫茫大雪。如今，
一棵枯树仿佛在唱：今宵别梦寒。

菩提旁，广玉兰。年轻的妈妈
牵着跳跃的女儿。
叶子，蓝天，阳光的金币，
是莲花道场，也是鲜血淋漓。
抛妻弃子的人是慈悲的，我信，
也可以不信：慈悲对世人，为何独伤我？

玩陀螺的童子，回家吃饭。
榕树，悬挂着寄往日本的一绺胡须。
西山日，草上霜。
喜鹊衔来松枝，浪子当了和尚。
红尘滚滚，香火袅袅。
一个在断桥边，一个在地之角。

## 听戴瑞朗诵《岳阳楼记》

似惊雷扑入明月清洗的怀抱。
好久，没有人用椽笔，
静静扫去庭院里的细雪。
我想起2014年，有人寄书，夹了一封信[1]：
巨飞，半年多没回皖了，
亦不知什么时候能回。

如今，我走在风雪弥漫的山路上，
进退两难。
我的父亲，挑着豆腐担子迎面走来，
两鬓沾染寒霜。吾谁与归？
我的父亲，死于2017年冬天，
那一夜，皖西南皓月千里。

待到来年春日，我们一起享用
大别山山野的馈赠——
而梦中的陨石砸坏多少庙宇？
我做的修复，
是在庭前补种一畦菊花。
我做的修行，是将一颗流星，悄悄放生于银河。

①2014年，诗人寒馨寄来弥赛亚诗集《太平广记》和《空是》，里面夹着一封信，说："捎书回去竟成了心事了。"而后一直未见。

方汇泽

# 深冬·6首

## 深　冬

深冬的一个早晨，麻雀
射下影子，在光线和裂隙之间
枝头，它们蹦跃着
作为被魔术师养大的我
开始捕捉它的棱角
——身躯在变幻，并在
树枝震动的一瞬恢复弹性

从草地上开始仰望，仅仅是
一个六岁的孩子
他幻想拥有鸟类一样的喙和双翼
他在梦遗的时候，也想象
能够在空气飞翔

仿佛吃紧了线条，淡蓝中
有透明的痕迹
味觉、苦胆，从五岁时开始
读的策兰，这些涌上来
“天使般的灵魂”是一个奇迹

他仰着头，麻雀停在了
他的衣尖上
他开始啜泣，这哀伤
童年的
屈辱，第一次获得了种子和黎明

## 吃　雨

雨比去年下得重
入冬后，空气越来越阴冷
那个给女儿们打工的人正在钉栏桩
“当当——”从他手上传出
西湖，仿佛黑暗的巨兽张开了口腔
正在将雨点吞噬

是傍晚五点，湖山像被
打翻了的墨水瓶
行人的皮肤生出鳞片
建筑的脸上盘旋着忧郁，他的
左臂上裸露青筋

还剩最后一根就钉完了——
他歇了歇，也许是想起
正在读二年级的女儿
他拧开矿泉水
汗渍混合着雨水，滑入口腔

他在吃雨，他一股脑儿地将
全部的空气和窘迫吃下
索性让全身湿透
他将鸟儿归巢时的线条吃下
他将石头的硬和冷吃下
他想起女儿的时候笑了笑
他在呼吸，他吃着
他要生活：一种城市里充满主权的黏性

## 冻西湖

有冻！
绕湖一圈要浪费整个下午
为了面试，我穿着西服
一张邮递员手中的暗黄报纸
在光线和梧桐叶中独行

松鼠藏在树洞里，鸳鸯立住
一两个穿着貂皮大衣的女人
墙角的咖啡厅里
在谈论：下午的液体和盐

没有洁白的床单可以隐喻
冻西湖，不是雪西湖！
有乞丐将报纸盖在身上
冰底下仍流动着四度的淡水
他年轻时也有吸引异性的脸庞

## 深　林

双脚迈入林子的时候
空气中的
腐烂气味出现在众人眼前

一丝丝无法触碰。那气味
混合着地上松针和泥土的香气
凶猛地向我们扑来

巨岩上苔藓生得茂盛
一场大雨后仍渗着水汽

露水在一张张行走的脸上悬挂
——但倘若我们是痈者呢？
我们根本感受不到外界的任何刺激

而此刻我们就要从林子的
另一端穿出
我们踩着脚下的落叶
也许真的在这片林子中存在过

## 泗　渡

一首诗必须要剔除掉
多余的欲望

当然，泅渡也是我们的欲望——

当沙滩上的寄居蟹
悄悄地将身体缩进壳
头顶松针落下，大地腐烂的叶子
冒出呛鼻酸味
卡夫卡孤独的气泡沉寂在远方

泅渡……只为从肢体
到心脏的最后一寸
我和你有太遥远的距离
蔚蓝的星球，每个人都活在
他自己的位置上

## 给绿萝

> 如果桌上的绿萝还能挨过整个冬天的饥饿，
> 那么我就要为它写一首诗。
> ——题记

只要有水就能活
只要有空气、光线和裂隙
它就能完成作为绿萝的使命
长出青翠的叶子，脚下
布满鲜嫩的根须
一层层包裹着全身
但绝不开花
仿佛一个人怀抱着巨大的遗憾
不能拥有最耀眼的时刻
而作为植物
它似乎没有多余的选择
它只是呼吸，长出叶子
然后随着时间变黄
像我们生来就在
城市的车水马龙之中
它孤独，被置放在我的桌上
（还远不止一株）
周围是密闭的办公室

偶尔有光穿过窗帘透进来
但它活过来了，在我离开
整整一个月之后
它耷拉着，但比一个月前
长出更多的叶子
它有些凋落了，但不是空心的
它继续着
从叶子、细脉到茎秆……
哦，过去，将来
它伫立——
它为这巨大空旷的斗室和我
虚无沉寂的冬日提供了丰盛的养分！

江离

# 你是风·5首

## 一株桃花

天是灰的
我走在整个的灰色中
只有一株桃花
寂寥地，堪堪开着
有一瞬间
我以为我，就是那株桃花
前度刘郎，人面何处
噢，你眼中跳动的火焰
当他们说——
它是你的心在动
它的生灭只在你的观止
旅人，你是否准备好
在凋零之际，重塑它的叶瓣——
那语言中浮现的花
在实有与非空之间，在看的幻听中
命名的乌托邦折磨着你
而它可能仅仅只是一株早樱
或者垂丝海棠

## 迷乱的线团

知微撅着小屁股
趴在地板上，她在画画
这是鱼，这是大象，她说。

纸上有一堆线团
我看了一小会，想从中
找到一点鱼和大象的影子。
在哪呢，我说
——就这里呀。
呃……我确实没有
我为我没有看到鱼和大象
感到惭愧。
有时她告诉我
这是云、小鸟，甚至是小猪佩奇
然后发出“吭吭”的鼻音
这像极了的鼻音
也佐证着我的无知无趣。
云的聚散，鸟的飞行
都不过是在那团乱麻中了
我却什么也看不见
我带着那形象、那界限、那因果的重负。
但没有任何框框去框住她画的
一切仍是混沌，带着它
无尽的可能
盘踞在这乱麻般的线团中。

## 苏堤遇雨怀东坡

湖上白雨跳珠
仍像当年，望湖楼所见
天地一体，湖光与山色尽入白茫
挡风玻璃前水流如瀑布
雨刮器似抽刀断水
汽车过堤上陡桥几座
起飞的拉升和被抛离的失重
你都曾经历过
乌台狱后，尽管你四处漂流
政治的风雨沾湿身上的寒衣
却已不会浸透本心
你成了最终的你：
无尽的时间中，生如不系之舟
承受天地间命运的幽深

死是飞鸿雪泥，只留偶然的印迹
在两者之间，是尽情地投入生活
依内心的指引而行动
让才智与品性，绽放个体的光彩
当你身临长江
看到江水近处腾着细浪
远处托举着天际
当你在黄州，躬耕于东坡
仿似陶公在东篱而望南山
你的竹杖青褐，你的芒鞋草黄
立身雨中，只道也无风雨也无晴

## 野生动物园

孩子们长颈鹿般的脖子
从车窗探出去
兴奋地叫唤，他们
渴望像花豹那样
冲入羚羊群
对他们来说，这仅仅
意味着嬉戏
而不是残酷的猎杀

我用镜头拍下
白犀牛、朱鹮、金丝猴
现在，我看着这些照片
很多情景已经模糊
它们已潜入意识的深海
只泛起零星的气泡
那时我身临其境
而此刻，我想到的是另一些

比如，汉墓出土的石刻上
几只饿虎
冲上大路，侵扰
皇家出巡的仪仗
更久远一些
是用树叶蔽体的先人们

依托火堆
用矛和弓抵御野兽的围攻

很久以后，这一切变成了
四处巡演的马戏团
有一天，光临了
我少年时代的小镇
魔术师从帽子里变出兔子
小丑在钢丝上骑着独轮车
这着实让我兴起
跟随他们远行的念头

这场旷日持久的战争
胜负已分
我们在这边，而它们则是
被观赏者，五只吊睛白虎
在河的另一侧打盹
起身踱步，对我们
注视了几秒
眼中透着仅有的森冷余威

孩子们在兴奋过后的
疲劳中睡着了
我们在休息区
用餐，等待
开场的马戏演出
那是西部来的表演师
他们驾驭着狮虎，跃过
圆形火圈

他们在马背上叠罗汉
在斗兽场般的
舞台中央，在吊带上
表演着绕场飞的
惊险动作，为取悦观众
身后的披风，恍然中
让人想起草原上曾经的
征服者

但那绝对的征服者
既非他们，也非我们
这一切背后
是我们创造的对手
没有长长的獠牙
和吞噬一切的深喉
却在编织我们，改造我们
远胜我们的庞然大物

它注视着我们
像一个发令员那样
随时准备着下令：
各就各位，预备——

## 你是风

——给知微

1

跟哥哥的乐高抢夺战，你落败了
你只好拉上我，去看你的秘密基地
那是在房间一角，用靠垫围成
为抵抗怪兽的攻击搭的
落地窗外，是夜色里浮动的灯火
你说泥浆怪躲在外面的暗处
我说是的，这里很安全
你说不行，你要去打败它们
我只好征得哥哥的同意，给你穿上
带闪灯的蝙蝠侠面具和披风
你一手握着美国队长的盾牌
一手拿着吹肥皂泡的塑料棒
——那是你众多特殊武器中的一种
就这样，我像桑丘服侍着伟大的
堂·吉诃德爵士踏上了征程
当然，首先是抱着让你按下楼的电梯
你拉着我的T恤下摆
我就成了被牵引着去吃草的小牛

用哞——哞——的叫声以示自己的饥饿
你在小区的游乐场转了一圈
知会我：泥浆怪不在这里
我觉得你有些落寞
不是因为没有找到泥浆怪
是因为没有小伙伴可以分享你的神气
这时他们都被妈妈们摁在浴盆里洗澡
你在木马上骑乘了一会
然后把装备摘下，让我拿着
自个儿爬上了游乐场巨大的海盗船

2

我靠在滑梯边上，看着你
想起当初你还无法支起脖子，整个儿
趴在我胸肩，软软的
那种甜美，仿佛我的心都会融化掉
想着我的父母，当时曾怎样照看我
当他们无法解释这生命的惊奇
只能用朴素的话说
小孩就是风一吹就长大
每次想到这个，总会浮现我拉动风箱时
毕剥作响的柴火
那毕剥声就像世界的活力之源
是无法按捺的爆裂般的生长之力
甚至当你合起眼睑睡去
也能感觉到骨骼在拔节时发出的毕剥声
就像五月，我带着你在野外
看到风围绕着竹篱上的豌豆花打转
那是一种清新的催促新生的力量
于是你就能发出“爸——爸”的声音了
像是从寂寞的宇宙深处运送过来的天籁
你的眼睛特别明亮，嘴角牵着笑意
你在等待我吃惊的反应
于是你要走路了，你伸出手要我牵着
然后你摆脱我的手，开始了
自我掌控的道路，你开始奔跑
你不让我帮你穿衣，脱下来自己重新穿上
当你住在外婆家，每次告别

你总说“See you later，记得明天来我家玩哦”
我说，好，一定

3

这就是你，经过草坪的小松鼠提示牌
会让它听妈妈话早点睡觉的你
告状说哥哥推你，生气时声称不要妈妈了
要把妈妈冲进下水道的你
（你妈妈第一回听到整个人都惊呆了）
告诉爸爸有怪兽，别怕，会来救我的你
就这样，风一吹就长大了
你会把爸爸甩在身后，一直向前奔跑
我会看到你的羊角小辫换成了马尾辫
想要风一样自由的你
而我则会退一步，记下这一切
记下那个腊八节的清晨，下着雨
而晚上则下起来暴雪，把车子都冻僵了
你妈妈在分娩台上，浑身是汗，脸色苍白
我在风险单上签了字
“屏住气，用力”“不行，休息会”
我把红牛饮料和巧克力递给她补充体力
“再来，再用力，快出来了”
你的头，然后是身子、小屁股
我看到一个青灰色的泥浆怪
医生擦了擦你身上的羊水，检查了下身体
“是个女孩”，谢天谢地！
她把你拎起来抖了几抖，在背上不停拍着
突然听到“哇”的一声，你哭了出来
——这就是你的创世纪
那一刻，星系停止了它的旋臂，在它的中心
是一种永恒的惊奇，关于我们怎么来
为何而来，一个黑洞般神秘的礼物

诗建设

# 发现

Discovery

# 甜河

甜河，本名汪嫣然，1992年生于安徽潜山。青年诗人，兼事艺术评论写作与策展。毕业于同济大学哲学系、巴黎高等艺术研究院策展与艺术文化管理专业，现为复旦大学艺术哲学系博士候选人。曾获北京大学“未名诗歌奖”、复旦大学“光华诗歌奖”、南京大学“重唱诗歌奖”等文学奖项。

小夜曲
（13首）

## 小夜曲

一天中，我只能得到
很少的安慰。譬如
在有限的浓度中，少女额头
展开阔叶般的疲倦。看，
内向的燕子永不回来。
这是比真相还婉曲的萍踪。
譬如在酒中消退的腕力，
合成事物圆成的美。
妙手捎来新枝，坐下来
为你穿上，感人的时装。
“香气里有个死亡”①
当一天成为另一天的中介
越遥远，就越相似。蓬勃于
腰肢以下，麇集的黑暗

我入睡的速度拨慢
我有我微弱的花冠

①此句引自叶飙《无题1》。

## 鹦鹉螺

呵，扰乱人心的鹦鹉螺
在怎样的晴日里梳洗？
风景在你手中急遽地变幻
我的客人，汗湿了遥遥月
稳如勾挑宇宙的纤维

用什么款待你？望气的人
眯上眼，借春困历遍深心
是那未交的好运令人呕吐
几乎要放弃，凉风习习
赠予我轻薄的小酒杯

呵，平凡的夜，离奇的夜
欢愉的感官承载着危机
幽巡而来的无穷私密
会撬开一个阔别的白昼吗？
黄莺重申亡唇的乐药

无人剪芯，而灯已昏昏
心细如发的，是俊美的兽吗？
地图在你面前重重地骤合
我，就是不断胀大的饕餮
如此皎皎，如此恶心

## 临时车站

那时天黑得慢。
你还没熟稔告别的舞会，
到底会有多少年轻人，
贴着面，以细琐的狐步
缓缓从树丛中踱出，
收拢单薄的天色。
他们手挽手，接过
星微的温柔。车与马
皆从风尘过，道不尽
年少时的酸楚。
日影斜插，从安庆到上海
荡尽阶级性，你初次怀念
这般冷清清的光景。
有限世界蹁跹，掩饰
你钝感的南方口音。
爱哭甚于爱美，昏昏睡眼
淹留，犹疑时最婉转。
小楼忽已晚，相逢在
恹恹感官。发尾未掠的蓬松
仍有恋爱的甜味，辗转于

肿胀的交通与物候。
雨声愈大，你就愈虚心
在临时车站，排着长长的队
等缠绵的人次第出现。

## 野　火

永恒略大于一日。
白茫茫的日色，剪取
变幻的波脸。料峭堤岸，
也止不住宴饮的心
提读窄小耻骨，迷人者
且自迷。溽热的口音打湿
致密尾羽，可曾心事崎岖？
你嗫嚅着假扮了过客，
你顽强着隔空答应，
多情的是我，从此杳无风波？
呵，且打破膏腴的沉默
任时运的手，覆弄抖擞衣衫
是如雾的品德[①]吞吐不息
长亭更短亭，娇滴滴。
是雨润的咽喉含住
平地峭拔的野火，扑拉拉
汇入日渐零落的合唱：
“松柏的火，死心的火
正如你我的晚年？”
我环绕你如同死结
我看见：从今往后，
每一张脸都是古代的脸。

①“如雾的品德”出自万夏《水的九首诗》。

## 朱　雀

小于，小于微红的甘蔗。
你的暗，比年幼的手低弱
说什么奇妙闺阁？
绝不放弃泪水，
细雨还在空虚地膨胀。

你寻找少女如惊雀
她惊呼中消逝的裸脸。
轻若无骨，伴着你的步子
收回虚怅的衣袖，
缓缓推搡一段风烟。

说什么探囊取物？
你丰饶的衣袍分外出神。
几声啼唏，你认出朱雀
眼中的杀伐之气，
吮尽圆月最后的保留。

而胭脂脆弱如纸。
看，朱雀松开了厌世的细爪
慢如斯，沉入良夜的蹊跷。
慢啊，如隔空的莺燕
接续分心的步履。①

①“分心的步履”出自唐致水《种种告别》。

## 十二月

暮云渐低。十二月
是因为衰减而变得亲密的湖。
待黄昏膨胀雨意，不堪
瘦小的背脊。它狭窄、收缩，
将低迷的光溢出，

近在咫尺的便不再遥远。
度量我们之间那一点
情感的余裕。阵雨过后，
我将承担你。一天就此结束。
近来多雾、多低咽，这是
“双手互为彼此的时刻”。
措手不及的，是南方的气候
温凉交替，仅剩微漾的绿意。
消了旧酒，你可要添新衣。
走过这段默默、洇湿的小径，
你垂着手，静悄悄地
为多疑的探听。晚风薄软，
细细的树枝还在头顶回旋。
我们紧挨着坐下。一种爱
联结发带的两端：
那些穿过雨和山峦的
柔慢的昨日。我热爱你，
舞步闪回，隔着惊心的玻璃。

## 小东西

圆月一寸寸地傍身，水面
正微茫。是修葺如新的夜，
任晚来的心绪络绎不绝

是你，喁喁窃笑的小东西
像极我的替身，言笑晏晏
在香脂中打了个响指

看，错愕的衣裳转过身，
因错愕而更美丽。忧伤的
小东西，往秋天深处幽幽吹气

当你被明亮的皮肤鉴照
密密细匝如磨的愁容

那远走溃逃的正是小东西

当慢倦的琉璃贴紧脸
表情严整如灯的就是小东西
奔走营营，练深了豹变

伶俜的小东西心存感激
团结于密不透风的必死性
而我，明天要吊起一个大神秘

## 杂　技

节节溃退的人，你要小心
小心那穷途垂泪的娇嗔。
衣冠轻如空蛹，你寻找
那甜饮里，袅袅嘤咛。
揪紧风尘那破竹的高音。

一点点羞怯将我们同构
递来隔夜的妙喻：你和我
享尽这半空的曲妙。
这一次，堪比伶人身手
虚掷我诡谲的桃。

你将这一格构图踩空，
抖擞了新衣，对峙如对饮。
你采撷越来越小的珠光，
等不及，你我交换雄心。
（与秋天状态，遥相呼应。）

你钻研了孤胆，零售欢娱：
晚风一一点击千万种奇情。
而殷勤戏园里，夜气虚蹈着
你的分寸：振臂轻呼
正好，吹散翠鸟的细腰。

## 秋　兴

当风雨慢如柔细的眼波
震悚了一缕伤心的眉发
你失重的脚尖仍无法着陆
进攻的舌头尝一阕乐舞

无人擎拿我妩媚的小箭
它飘荡，漫无目的地飘荡
须臾之间，腕上的红汗变凉
你的渴正如乳牙般发痒

炬密如昼，仅次于一颗柠檬
幽照古代的夜色。是谁，
命我恭谨地舔一块玉
还偷来一段秋风的端肃之香？

是迟来的小病唤起磅礴暗瘾
令不死的杨柳仍在昏厥
走吧！走到遍地沉疴中去
我高悬的口谕欲言又止

## 晚　宴

如何步入逸事的黄昏？
我用一次奉献一生。
预感失败的时刻，
扇子的细褶还在无穷变多。
告诉我，弓箭的足尖在哪着落？

孑然如衣冠楚楚的饮器。
哦，这纤细的梅花
饱含远景之泪，怎能缭绕于我。
它旋转，旋转，旋转

等待迷人的舌头分食风景。

活着，或如扇子的醉态：
在你耳廓之后，引吭
拨动嘹亮的丝绸。为什么，
你就要快乐得发颤，任凭
晚风的绒毛细细消磨？

任凭一群人带来另一群人，
而美会衰竭，会在耳中
发出嗡鸣的玉响？此刻，
轻微失重的时刻，毫无来由的
我们都在渴望着受伤。

## 真　实

春天还不真实。登楼
翠色趋于繁忙。凉夜如铁，
花的舌头干燥，火热
（“好德如好色”）
花的舌头还很浅。

甜蜜的余唾还不真实。
嬉闹，抱紧我的麒麟臂
你踮脚为虚空掌灯。待
夕光昏照，我苦味的孔雀
涉险，为我洗心革面。

猜一猜，你细心如兰
如何按捺兵戈之气？
口渴还不够真实。
猜一猜，你细雨的气质
与日俱增，如何好客？

那斗室里翘起的，覆弄
眉眼还是飞檐？剩余你
出神，也是原地空转。
花，持续的上升者，学习
空空如也的风姿。

## 万古愁

是谁，偷梁换柱的人？
无论谁，都不比肉燕的身子轻。
小果核不过是盈空的记号，
假如我派遣了眼神，我就做空表达。

唯有你的新衣冠绝天下。
款至的人忽然眨眼：一个骑驴，
另一个就卸下高塔。好极！
细脚伶仃的究竟谁与你比翼？

你要爱上万古愁的滋味：
凭什么锦绣风格，我的渴也不能
纾解半点。是你吧，佼佼敌手？
飞得更快就克服了绕指柔。

总有风，偷来阵阵纨绔的凉，
玉面的人穷匕首现，却像等待：
心急的剪刀一字又一字
减损你，皓首穷经的杜鹃花。

## 石　榴

来晚了。石榴咳血的那一夜，
你只能寄情于艳丽的耳垂。

爱它的千人一面，爱一闪念。
而闪念轻若闪电，何处是你同学？
夜火中高烧的是你同学。

欢爱也显得陈旧，裹挟春潮回涌。
在手的迟疑之中，在最小的反复中，
你随夜晚远离，呼应体内膨胀的金。
身轻如燕的是你同学。

来晚了。来不及等石榴成熟，
你就要快乐地溃败，为死亡庆祝
就从学校走出。一颗星子如一点痣。
你为新人哭，为鬼簿增添新名录。

越来越安静的是你同学。
拿走耳蜗的软骨，多情不过暮晚。
你怀抱石榴蓄势，为着临危这一转。
余温化为一片稚子的欢娱和痴心。
你，难道不是因为厌倦而缱绻？

管怀宾作品
《曲水流峪》
装置
五块铸铜枕石、《兰亭序》木板刻字16 块、
9组18捆报纸浸墨、9支铜剑、
钢管支架、20 支T4 荧光灯管（蓝光）
尺寸可变
2018年

# 张雪萌

张雪萌，2000年生，河北石家庄人，现就读于暨南大学。作品散见于《诗刊》《星星》《青年文学》《江南诗》《诗歌月刊》等刊物。获2021年东荡子诗歌奖·高校奖。

## 事　件

"那座死亡城堡，到处都是阴险的故事。"
——赫列勃尼科夫《契卡主席》

走进那个下午。拉开椅子，让
怀疑的光线，由纸面聚焦
那么多，纸……簇生的审讯，严阵交错
白鸽携载罪名，而欲振翅，传讯键上的手指
在这时缩紧。

翻动，翻动……最顽皮的尼禄
谈话进行时，他低垂着眼睛
"您怎样看待外侨？"
褐灰色毡靴，在头顶踱来步去
文牍王国滋长着领属的阴影

幸运的是我们被挑选为伍
在遗忘的码头，探照灯擦亮了前额
没完没了的事件，扼住了那些时刻：应该亲吻的
应该流泪的。斑疹，如咒语围绕着卢比扬卡
妻子的队伍中，孵育着修士般的沉静

城市在薄雾中慢慢向我们靠近
两种不同密度的血，在机桨下荡来荡去
让人注定于被溅起的高空相遇
谁会拼读我们，谁在错编的姓氏下
第一次触摸到荒谬：

那使一枚钉子弯曲的，比死亡更轻……

## 包法利夫人和罗道耳弗在展览会

"我想，我是被困住了。看这些马儿，鬣毛像雪原的波浪
在风中扬起，可鼻间的铜环却将它拴在原地

浮沉有多难捺！两股力悄悄地作用着我
当我的披巾飘动，当心引向门窗的眺望
被琐碎牵绊，合敛了眼睫和叹息；

“只消瞅见这些庸碌的绅士，拖着两撇
滑稽燕尾，往来交际，像凫游的家禽。
您可曾见过大海？生活的粼粼轻巧，波光下
使人盲目。向纵深处去，沉船，因其高贵而自遣
那该是怎样的一种动机！

“您注意到路边的卜命菊了吗？过往的追问
仿佛还在残瓣的尖梢上颤动。我竟未曾想过花期
总有采摘，也不缺少眼泪，青春轮次填补了
欢笑着的主角。现在，它佚散的香气
正在空中板结，成块掉落到棚厩的泥地；

“我愿耽搁一生于景致。观看的兴味浓过亲历
葡萄的想象来自饱满，总向舌尖诱使；可我
更流连沉醪的馨香，美，绕着圆台缓步
在次第中弥漫了更深处的官能。您踏着过往
来到我身边，渐次的褶皱有迷人的缱绻；

“婚姻的眠床爬满骚动。夜晚如一具石椁
压向我；紫癜星野上，结着冻疮似的月亮
多么悭吝！总有幸福，从未将那半面向我显露
您有的是自由，仿佛骄傲的天体，正朝着圆满进军
一日胜过一日。重复中，我将自己漏尽；

“两个错置的括弧彼此背对，爱情
翻覆几次，将就着在俗世入睡。
可我瞧见您！像未出口的半韵被
一句无意玩笑接纳，误会也变得动人
就让我滴入您。爱您松香般的情感
曼妙的琴师，在并行的命运之弦上，第一次发现了我们；

“我在乡村的谷仓上，见过神父书写的标语

红字走笔淋漓，嚷叫着，似乎要将人碾压
把空气震响。神不负责救赎，只是吞噬
且有着生番的快意。镣铐的锁孔
那晚，我听到它轻轻一响。蛰伏的恶魔
只一挥手，我便款款地去做他的命妇……

“得了吧！我们对幸福抗拒，恰恰助长了
遍地瘟官的愚蠢。世间的倦怠不必一再复刻
用你的舌头对我说些谎话，会比忏悔动听。
途穷者走在无妄的路上，理应允许他
拐入繁花锦簇的小径。哪一处，盛放了更大的真实？
这并非背离了信仰。我从来虔敬，只对尘世的爱人；

“心愿比心活得更长。
有时我像飞蛾，让想望的热病
缠绕神经。要把危险的倾向，履作一次出行
快去，永处地平线下的，光芒
就会在那儿隆起……那灼伤双唇的”

吻过了才发现，从未有着实存。

## 尼莫点[1]

想象巨大。想象一种温度无人触及
且是訇然的塌陷

海洋，你冷漠的卫兵，目击极点易碎的宝盖
秘密着将自我，部分又部分地护送

洋流延挽着葬礼的音讯，而坍落已经完成
唁客名单上，伫着自毁和欢愉的名姓

远地的铁皮君王，疾驰中甲胄尽绽
那些被给予了火焰的人，高速地向心一堕

无死者。远超想象之上的……
现在是等待了。客队接连从白色织物中苏醒

当他们在夜宴和狂欢的跃进下
第一次发现了寂静。

①尼莫点（Point Nemo），是地球表面距离陆地最偏远的地点，位于南太平洋中央。距离尼莫极点最近的有人类出没的地方是400千米高空中空间站，也是航空器分解坠落的集中地点之一。

## 危　楼

书架承负增生，地板上的骨殖林立
窄仄的斗室，经纬线罗织着景深
人在灯前，一页页矮下去
失眠的罚单，却夜夜峦重嶂叠

攀附群山关乎仰止。前人之影
灌满了整座楼台，往来倏忽，排演南风的姿势
在半途想象月亮：那奇异的白银
也曾被伟士的眼芒攥温

窗外列车呼啸，过期了手头的票根。享太牢之同辈熙熙
能留住的祝福，在烟灰里越弹越短
邋遢的隐者将日历钉乱，是冬，是秋消息
人，在陷阱中踱步，删减着自己

它真是怪兽：“美，一种可怕的东西！”①
士人和行客，在摩擦中互相烧尽
小楼峰尖，至理的经幡飘动
终夜无歇。远处的春宵滴淌着绿蚁

我也曾感到厌倦。失意的桴鼓相应
木阶复说着横梯。还需商量现实，谁登上高处

就嘲笑所有的游戏[2]。今朝要卧入低处的欢群
拿去吧，一砖一瓦多赘余

①出自《卡拉马佐夫兄弟》。

②变形自《查拉图斯特拉如是说》：“谁登上最高的山，谁就嘲笑所有游戏的悲哀和认真的悲哀。”

## 雪　人

“看！看我的雪人！”他把最后一捧雪放回原位，熨平它被飞沙磨皱了的下摆。天太冷了，这么、这么大的旷野，只存在于梦魇。他奔跑着，呼出的热气在睫毛和围巾上挂了霜。雪还在下。步子从积雪中抽出变得艰难了。红彤彤的膝盖。死掉的、全部死掉的光和树……只有雪，雪从上空，从脚下，从四面八方，赶来安慰患了目盲症的原野。寻找雪人的观众，已经跋涉了一路。雪落在那可怜的造物上，天使们嘲笑着唾弃。没有房子。关闭上了，小小的、煤气灯安详的眼睛。起火的、灼烫的眼底，映着白色祭奠上，全部雪人旋转起的裙裾……他想起来那个被朝阳包裹的上午，女孩子们跑着打闹，吹肥皂泡。当孩子们醉心于泡沫流动的七彩光影时，只有他在未涉足的雪地里，听到了破碎的声音：一个的，一个接一个的。

## 圆　月

关于美满的知识，他们所知甚少。
守殡人，注视圣体在旷野之上消殒，
星辰熄灭后，弥漫着夹带死亡气息的磷光。
来自那些更渺小的族群，人造飞行器
像恢宏遗迹前偶至的访客；
你了解比肩永恒的尝试，同样可笑的论调
闪烁在冻毙者和宣讲家的脸上。
如今，他们佯装无辜，抛掷前嫌
祝福你的运行，看那惨白的步子
交替起伏在田地、大厦和海洋。

此刻，将你的光伏调至最大瓦数
如监视官，持灯巡行在现代的废址。
这一夜乍醒，求荫蔽者，在渐暗的映照下
继续罪与谎的营生。金色瞳孔忽大忽小
像阿努比斯的天平，拨弄着麻黄碱的剂量。

## 东北的女儿

一

日头黑得真快。鸡蛋黄似的残阳，毛茸茸地
滴进呼兰河里。高粱地间蹦跶的麻雀，安静了
叫这夕阳镀上了柔而红的剪影
映在眼底明晃晃，像小姨的巧手，为窗棂上打点起
热闹的年画：玻璃冰面上，八仙图，锦鲤尾，浮游摇曳过
整个冬天。许是大地冻得寂寞了，这红，这冬晔
都迫不及待地融化进地平线。
热意从指尖的哈气，弥散至
炕下柴火，噼啪响，烧得只叫人头脑醺醺。
我在袄里面软绵绵地翻个身，
白面般的身体，被村里的哥哥，用眼光摩挲个遍的
正扑簌簌地发芽。姨姨、姑姑坐在炕边
嵌在黑脸庞里的两粒眼珠滴溜溜转，手势翻飞
传颂谁家媳妇新奇事。不叫人吃那三碗饭
又嫌“太懒，不下地干活儿”；偶尔，妈妈朝我努嘴
叮嘱着，进家门后，留心这邻里的眼睛像箭镞，稍不牢
女人的房里话，把人钉得翻不过身。她们言语
也晕乎乎如蒸汽，从耳边飘散了，遐云样的心思，却流向
屋外：车夫打马走过主干街，笃笃的蹄声敲着洋大道
络绎运送豆子玉米、战事消息。我想带上妹妹
逛逛集市，看那西国银链戒指、二手皮靴，或是抓一把
俄罗斯糖。然而这街上人人面孔肃穆，大氅匆匆地鼓起，来往着
像灰色的风。偶尔夜里，我们听到萨满巫婆走在街口，她嘴里
先是哞哞，又噻噻着，叫人心头盘旋起不祥的雾来。
小报如雪片。冬日越近，飞得越紧。
这是一九三一年。

二

不是第一次，我拿起刀，对着他。要上学堂，要逃婚
“捆，我也得把你捆回来！”一脚踹到肚子
我在地上打滚儿，而他的面孔，在上方临近，怒视着我
浑身发颤，不知怎么处置这不听话的玩具。
总是在逃，在躲。枪炮如流火，指到哪，便又
卷起铺盖，袖圈儿沾满灰，擦眼泪时候留下黑印印。
我写，也是在逃。要立足，背后却跟来詈骂
一句一句，说离经叛道，又说逆女
要气死他才好。乱了伦理和乱了国家，理当同处
可这枪杆子戳着脊骨，像父权的具象
气血和身子都太薄，使我常在深夜畏罪。这笔，能成为我的
一根针？旅馆的斗室，书摞起如高塔，每日的信件
替我输送求救讯号，又衔来外界些许好回音，叫人和着疲倦吞下
营养着小小自尊。灯盏摇晃着，将我的影子，在蜕皮的白墙上
投映得更大。以身饲虎，或许，我更要与它同化
房费仍催促着现实考量，时刻提醒
我是亚梅，也是娜拉，不管在虚构里，拣回哪个“她”的命运
我仍是——谁的女儿。

三

车厢上，攒动一粒粒的灰脑壳。酸辛的是旅途
更是将麻袋里干粮打开，一口口咽下般滋味儿
哪一处流亡地，人人嘴中喧嚷的
都是我不熟稔的乡音。巨流河任其奔腾
但总有不可至的航道，消隐在南端的异域
这夜幕又覆盖上星光灿灿的九龙
烟蒂一吸一明灭，吴侬而绵软的粤语，挑捻起
又暧昧着，在偏安的沙龙流转。我朝那些绅士伸出手去
自北而来的身世，却是话尾末了，不忍递出的名片
也随她们嬉笑，陈义甚高，学狐步舞，认领才气催发
虚荣心。生活是有起色，像醉酒后的红晕，然而
哪处的火，慢慢暗淡了下去。是北中国
在童年的野山坡上，奔跑追逐过的晚霞吗？
那天筵席毕后，接过电报，说的是他离世的消息

"原来你也会老"。深宅的院子里，埋下了，被疾病
锤进年岁的咳嗽与懊悔。烟吸得多了，肺叶里的支脉
不祥的黑孢子，从中心沿散，更像一个个开枝散叶的后代
从他怀抱中挣开，下落黑洞洞的，遁入来不及了解的
后文。或许还有后文？哪怕出离太远，眺望不尽
可那北方的忧郁，仍吹动着檐下的玉米
村里哥哥的小调，还终日萦绕着，"妹妹哟"，绕过了
蜿蜒在冻土裂口上的界河，船夫的纤歌。
或许真是出离太远……"因而愿意忘却，但又不忍
轻易忘却的，莫过于太早的死和寂寞的死"①
寂寞的，都深深埋下了
还不知要催生怎样的愁与恨。关于
我，祖祖辈辈的
我，一个东北的女儿的。

①出自茅盾所记，《呼兰河传》序言。

## 左撇子

今天，学生规范也拷打着我的稿纸
这敲一下，那敲一下，希望金属的声响掉落出来，以便管制
长大，原来是和指示标语熟稔无间。

我是左撇子，但用右手写字
当初纠正我的老师，也不清楚为什么要
教另一半的平庸胜任写作，尽管
我的左手这二十年来一直试图
发出它的声音

没有人想问问我的左手，你
要说什么呀，总有一只右手会替你说的。
现在你安静些吧。
需要做的，是配合它
搬起那只箱子。

诗建设

# 跨界

Crossover

# 沈语冰

沈语冰，复旦大学特聘教授、艺术哲学研究中心主任。著有《20世纪艺术批评》《图像与意义》，独立或合作译有《塞尚及其画风的发展》《现代生活的画像》等20部。

# 马奈与印象派绘画中的时间[1]

沈语冰

人们还不明白，画家并不画一片风景、一片海景、一个人物，而是画他对这片风景、海景或人物一天中的某个小时的印象。

——马奈

自从莱辛（Gotthold Ephraim Lessing）的《拉奥孔》（“Laocoon”）发表以来，绘画（广义上的视觉艺术）属于空间艺术，而诗歌（广义上的文学）属于时间艺术，这一观点已得到了广泛的共识[2]。以至于到格林伯

① 本文的基础是2017年11月7—8日在复旦大学哲学学院与蓬皮杜艺术文化中心联合举办的“重置时间：艺术、技术与当代的未来”国际艺术暨学术论坛上的发言稿。其后拓展为一篇35000字的长文，这是全文第一部分。

② 莱辛：《拉奥孔》，朱光潜译，人民文学出版社，1979年版。宽泛地讲，莱辛认为视觉艺术基本上是空间的和同时性的，而文学则是时间的和先后承续的。相应地，艺术家和作家都应待在他们各自恰当的范围内。但是莱辛《拉奥孔》的效应远不止是美学上的，他广泛影响了艺术史和艺术批评，同时也影响了文学史和文学批评。20世纪40年代以来，文学史家和批评家们经常运用这一区分来从事史学的或批评的研究；艺术史家和批评家也卷入了同时性和承续性之间的这一区分，但主要与柏格森的哲学相关。本文的宗旨不是全面检测莱辛效应，也不是考查时间在视觉艺术中的作用这一更为宏大的主题（通常与柏格森的哲学相关），而是，一则回应在当下被广泛议论的“未来已达”的议题，二则以马奈和印象派绘画为例，探讨随着摄影和连续摄影等技术的诞生，时间意识是如何从视觉艺术中被凸现出来的。当然，本文也不是泛泛地谈论时空在绘画媒介，特别是印象派绘画中的共存问题。关于后者，人们熟知的是，安妮•汉森（Anne Hanson）认为马奈《女神娱乐场的吧台》既不断地移出视觉焦点，又静止不动，因此充满了“波德莱尔的训诫，即现代艺术家必须从方生方死、转瞬即逝的东西中提炼出他所处时代的诗意和永恒的品质”。此外，丽莲•布里翁-居里尔（Lilian Brion-Guerry）在谈到塞尚的风景画时，认为塞尚显示了绘画可以给人在时间中先后承续的错觉，故而观众也会在其想象中既承续性地也共时性地体会画作。参见Jeoraldean McClain, “Time in the Visual Arts: Lessing and Modern Criticism”, The Journal of Aesthetics and Art Criticism, Vol. 44, No. 1 (autumn, 1985), pp. 41–58。

格（Clement Greenberg）写作《走向更新的拉奥孔》（Towards a Newer Laocoon）时，这种媒介特定性的理论已被发挥到无以复加的地步。毫无疑问，莱辛开创了在媒介特定性的范围内讨论艺术的新视野，它构成了艺术现代性的标志——艺术自主（Autonomy of Art）——的核心含义[①]。这一新理论的提出，将诗画一律[②]的古典理论弃置一旁，但是其理论蕴含的渐次展开，以及它在实践中被赋予新内涵的具体进程，都还有待于探索。

莱辛在《拉奥孔》中提出的关键论点是：

> 我的结论是这样：既然绘画用来模仿的媒介符号和诗所用的确实完全不同，这就是说，绘画用空间中的形体和颜色而诗却用在时间中发出的声音；既然符号无可争辩地应该和符号所代表的事物互相协调；那么，在空间中并

---

① 现代性不仅仅是一个发端于欧洲，并在世界范围内扩展开来的资本主义现代化的历史过程，而且还是对“一个健全的现代社会应当怎样”的规范问题的理论建构。艺术自主便是现代性的规范内容之一，它的主要意涵包括：（1）艺术从宗教和政治领域中独立出来，成为自主的审美领域；（2）艺术（主要包括绘画、雕塑、建筑、诗歌和音乐）可以在美学的基础上加以讨论，成为一个有别于其他领域的相对自主的领域；（3）艺术自主的主要动因在于每一种具体艺术的媒介特定性；（4）也因此，每一种具体艺术的发展方向也由其媒介特定性所规定。参见拙作《透支的想象：现代性哲学引论》，学林出版社，2003年版；以及拙著《20世纪艺术批评》中的《导论》，中国美术学院出版社，2003年版，第3–51页。我在不同的语境中提到艺术自主的意涵时，强调的重点可能略有不同，但大意如此。

② 关于诗画一律，古希腊诗人西摩尼德斯（Simonides）就已经指出“画是无声诗，诗是有声画”；拉丁诗人贺拉斯（Horace）则在《诗艺》中提出“画如此，诗亦然”。莱辛之前的整个新古典主义诗学里，这都是习见的口头禅。关于诗画一律说，特别是“画如此，诗亦然”（“Ut Pictura Poesis”）这一古典文艺学的核心思想之一的论述，参见Rensselaer Lee, “Ut Pictura Poesis: The Humanistic Theory of Painting”, W.W. Norton & Company, 1967；该书中译文的一个选本，参见伦塞勒•李：《诗如画：人文主义绘画理论》，李本正译，《新美术》，1990年第4期、1991年第1期。伦塞勒•李的论文之所以重要，还可以从与贡布里希的比较中见出。贡布里希强调了古典主义美学的新柏拉图主义基础，而李强调了亚里士多德《诗学》中悲剧概念的重要性（塑造比现实中更好的人），这成为后世描绘理想形象的典范。中文领域里对诗画关系的论述，可参见钱钟书《中国诗与中国画》及其《读〈拉奥孔〉》，均见其《七缀集》，生活·读书·新知三联书店，2002年版。

列的符号就只宜于表现那些全体或部分本来也是在空间并列的事物，而在时间中先后承续的符号也就只宜于表现那些全体或部分本来也是在时间中先后承续的事物。

不过，与人们想象的相反，莱辛并没有认为这一规律是刚性的，即诗与画之间（或者时间艺术与空间艺术之间）存在着截然对立的两个领域，而是认为这一规律不仅允许有例外，而且还存在着“两个领域”之间的模糊地带：

但是两个善良友好的邻邦，虽然互不容许对方在自己的领域中心采取不适当的自由行动，但是在边界上，在较小的问题上，却可以相互宽容，对仓促中迫于形势的稍微侵犯权利的事件付出和平的赔偿，画和诗的关系也是如此。

因此，对我们来说，问题就成了：在何种程度上诗歌与绘画“不容许对方在自己的领域中心采用不适当的自由行动”？又是在何种程度上（或是在何种意义的边界和较小问题上）“却可以相互宽容”？我认为，媒介特定性理论在其提出伊始就始终摆脱不了“相互侵入”的幽灵，以至于到了20世纪格林伯格在提出更为苛刻的媒介“特定性”和“纯粹性”条件时，陷入了无穷无尽的还原论的指责[1]；或者，在格林伯格—弗雷德版本的现代主义理论中，将这个问题拖入了无休无止的争议和激辩之中。[2]

本文的主要意图并不是讨论莱辛的媒介特定性理论在其后世的全部发展

---

① 对格林伯格现代主义理论的还原论的指责，主要是施坦伯格和弗雷德指出的。几十年以后，丹托将这一指责抬高到“大清洗”的政治学高度。前者参见列奥·施坦伯格：《另类准则：直面20世纪艺术》，沈语冰等译，江苏凤凰美术出版社，2013年版，第84-100页，以及迈克尔•弗雷德：《艺术与物性》，张晓剑、沈语冰译，江苏凤凰美术出版社，2013年版，第44-51页；后者参见阿瑟·丹托：《艺术终结之后》，王春辰译，江苏人民出版社，2007年版，第66-85页。

② 弗雷德提出了现代主义的媒介特定性与极简主义（他称之为实在主义）“剧场性”和“跨媒介”之间的尖锐对立，导致他及其他现代主义遗产的捍卫者，与后来被称为极简主义的艺术家们的激烈冲突。参见弗雷德：《艺术与物性》，第155-178页。

历史，而是探讨这一理论的起源就已经隐含着什么样的危机或局限。起源意味着道路。在莱辛的起源那里，后世的种种问题其实早已显出了端倪。其中最清楚的问题就是，到18世纪下半叶，人们早已意识到时空其实是无法分割的。正因为这样，莱辛在界定诗画区分时，并没有走过头，他立刻意识到：

> 一切物体不仅在空间中存在，而且也在时间中存在。物体也持续，在它的持续期内的每一顷刻都可以现出不同的样子，并且和其他事物发生不同的关系。在这些顷刻中各种样子和关系之中，每一种都是以前的样子和关系的结果，都能成为以后的样子和关系的原因，所以它仿佛成为一个动作的中心。因此，绘画也能模仿动作，但是只能通过物体，用暗示的方式去模仿动作。

正是在这一语境里，莱辛提出了一个重要概念“最富于孕育性的顷刻（Der prägnanteste Aügenblick）”。考虑到这一概念在从黑格尔（George Wilhelm Friedrich Hegel）到波德莱尔（Charles Baudelaire），一直到卡蒂埃—布列松（Henri Cartier-Bresson）那里的理论负载，它的重要性是如何估计都不会过分的：

> 绘画在它的同时并列的构图里，只能运用动作中的某一顷刻，所以就要选择最富于孕育性的那一顷刻，使得前前后后都可以从这一顷刻中得到最清楚的理解[1]。

这一“最富于孕育性的顷刻（或瞬间）”的概念，是如何进入不同的思想家和学者的视野当中的？这里不仅涉及像黑格尔那样对哲学的历史性（当然意味着某种时间性）特别敏锐的哲学家，也包含了像波德莱尔那样对审美的历史性（同样意味着某种时间性）感受力超强的诗人和批评家，当然也波及

---

① 卡蒂埃-布列松的“决定性瞬间”与莱辛的关系，似乎还没有学者专门论述过。不过，人们似乎能直觉地感受到这位摄影大师与莱辛（效应）的关系。卡蒂埃-布列松说：“对我来说，摄影就是在几分之一秒内对一个事件的意义，以及赋予该事件以恰当表达的精确形式的共时性认知。”参见Henri Cartier-Bresson, “The Decisive Moment”, Simon & Schuster, 1952, pp.25.

了与顷刻或瞬间概念特别相关的摄影媒介的大师卡蒂埃—布列松。所以，当我们面对高科技的近况，特别是人工智能和物联网等的前景，感受到未来从来不像今天那样与现在互逆的时候，我们必须认识到，现代性的敏锐意识从一开始就是某种新型的时间意识。正如黑格尔的研究者拜泽尔（Frederick C. Beiser）所指出的那样：

> 黑格尔思想一个最令人惊讶和富有特点的特征，乃是他历史化了哲学，将哲学的目标、原则和问题用历史的术语来加以解释。他不是将哲学看作对外在形式的一种无时间的先天反思，而是将它视为一种特定文化的自我意识，以及对这种特定文化的本质价值和信念的阐述、捍卫或批判。在《法哲学原理》序言那著名的句子中，黑格尔本人清晰地概括了有关哲学的这一历史概念："哲学就是被把握在思想中的它的时代。"

按照哈贝马斯（Jürgen Habermas）的说法，黑格尔率先意识到古典时间观的衰落，以及新的时间观的诞生。在黑格尔那里，时间不再是一种线性的流动，而是某种过去、现在与未来的交织并存状态，甚至可以是某种过去、现在与未来的互逆状况。在这里，重要的已经不再是过去、现在和未来这样的古典式划分，而是这种划分只有暂时的和不完全合理的意义；合理的时间观则在于对这种暂时性和不完全性的克服。当下的意义，不仅仅在于被把握在哲学里的历史教训，或是现时经验，而是未来的一种可能性。黑格尔将这种可能性理解为丰产性或繁殖力！换句话说，现时的意义已经不再由过去的经验决定，而是由未来的多样可能性决定。准此而言，现代性被理解为不断开出的时间地平线。①

---

① 参见哈贝马斯：《现代性的哲学话语》，曹卫东译，译林出版社，2011年版。本文的主题是现代绘画中的时间观念，因此我不想过于枝蔓地引入哈贝马斯对黑格尔、谢林等德国观念论中的"现代意识"的论述，但引用以下几段也许有助于读者明白德国观念论的"现代意识"与现代绘画中的"时间意识"之间密不可分的关联。例如："在谢林的《关于时代的哲学》中，有关现代的通俗概念却坚持认为，未来已经开始。换句话说，这种概念认为，现代是依赖未来而存在的，并向未来的新的时代敞开"（第6页）；"[黑格尔认为]由于新世界即现代世界与旧世界的区别在于它是向未来开放的，因此，时代在推陈出新的每一个当下环节上都不断重新开始"（第7–8页）。

在莱辛那里属于艺术创作原理的“最富有孕育力的顷刻”，到了黑格尔那里成了历史或时间意识的一种纯粹哲学化的表达，而且还影响到波德莱尔的艺术批评。尽管我们没有确切的证据认为波德莱尔对黑格尔的时间观有着明确的参照，但是正如文学史家韦勒克（René Wellek）所说，波德莱尔提到“为艺术而艺术这个流派的幼稚的乌托邦，排除道德，往往还有激情，它必然是没有孕育力的”，我们却可以清晰地发现波德莱尔与黑格尔的思想同构，甚至连术语（孕育力或繁殖力）也是一致的。

在其名篇《现代生活的画家》（“Le Peintre de la Vie Moderne”）中，波德莱尔提出著名的“现代性”一词，而且赋予该词一种全新的意义。在《现代生活的画家》开端，波德莱尔就提出了古代论者与现代论者之间那个著名的论战。这一论战曾经在席勒（Schiller）的名作《论素朴的诗和感伤的诗》（“On Naïve and Sentimental Poetry”）中得到过概念化的表述，其后在施莱格尔（Schlegel）以及浪漫派对古典派的论战中又作为一个恒常的主题出现。不过，波德莱尔以一种独到的方式在古典主义所崇尚的绝对美与浪漫派所宣扬的相对美之间转移了重心。他说：

> 构成美的一种成分是永恒的、不变的，其多少极难加以确定，另一种成分是相对的、暂时的，可以说它是时代、风尚、道德、情欲，或是其中一种，或是兼容并蓄，它像是神糕有趣的、引人开胃的皮表，没有它，第一种成分将是不能消化和不能品评的，将不能为人性所接受和吸收。

因此，艺术创作的关键就是抓住相对的、暂时的瞬间，并从中挖掘出它永恒的和不变的一面，“一句话，为了使任何现代性都值得变成古典性，必须把人类生活无意间置于其中的神秘美提炼出来”。为此，波德莱尔号召画家们勇于观察和描绘现代生活，而不要躺在古人的现成模式上睡大觉。他说：

> 谁要是在古代作品中研究纯艺术、逻辑和一般方法以外的东西，谁就要倒霉！因为陷入太深，他就忘了现时，放弃了时势所提供的价值和特权，因为几乎我们全部的独创性都来自时间打在我们感觉上的印记。

“时间打在我们感觉上的印记”可以说是波德莱尔对美的历史性本质的最好概括。与此相应，波德莱尔大力提倡现代社会新的美质，倡导从易逝的、过渡性的和琐碎的普通现象中提炼出美来。他赞美画家居伊（Constantin

Guys）就是这样一位从现代生活中挖掘美点的艺术家，“他到处寻找现时生活的短暂的、瞬间的美，寻找读者允许我们称之为现代性的特点”。

波德莱尔所关注的，确立绘画的现代特征的术语，经常被简化为浪荡子的现代城市空间的体验。但是，它其实已经暗示了现代性是一种图像的建构，依赖于对那些正在被记录下来的漂浮的图像的熟悉。这些图像往往只是草草地得到勾勒，只有在其他同样漂浮、同样易逝的图像的持续之流中才会有意义。因此，通常被认为是浪荡子的城市空间印象，其实是一种时间体验。在波德莱尔看来，现代性意味着某种瞬间性和流动性，但这种瞬间性和流动性中包含着永恒性和不变性。他说：

> 他（指画家居伊）寻找我们可以称为现代性的那种东西，因为再没有更好的词来表达我们现在谈的这种观念了。对他来说，问题在于从流行的东西中提取出它可能包含着的在历史中富有诗意的东西，从过渡中抽出永恒。

紧接着，波德莱尔给出了现代性的著名定义：

> 现代性就是过渡、短暂、偶然，就是艺术的一半，另一半是永恒和不变。

波德莱尔的现代性观念成为后世大量现代性定义的基础。当然，关于现代这个“新的时代”本身是一个向未来开放的、正在形成的、有待于被未来否定的过程的观念，从而认为现代只是一个过渡，在这种过渡中，唯有瞬间（当下）在场的观念，在黑格尔哲学中已经得到了孕育。在黑格尔的现代性概念中，现代作为流动、作为过渡的敞开性，是以划时代的新开端被设想为永远在每一个诞生新事物的时刻重新开始，即新时代不断地在每一个当下环节中获得再生的意义上来加以定义的。哈贝马斯曾将这个出现在黑格尔哲学中的关键术语解释为关于现代性的自我奠基和自我确证的原理：现代性不必再从过去时代中借用标准；它得自行创立自己的规范。

不过，波德莱尔的现代性观念在某个重要的意义上已经超越了黑格尔，因为波德莱尔已经暗示，现代性的意义不只是不再从过去时代中借用标准，也不只是自行创立规范的问题，而是一个将合法性奠定在未来之上的问题。我曾将波德莱尔的这种论述概括为“透支的想象”（overdrawn imagination）。用波德莱尔的典型表述来说就是：你现在看不懂新绘画不要紧，它们本来就是为50年之后的人们准备的。因此，“未来已达”这个命题或许并不是今天的我们在面对人工智能和物联网的时代才有的，它可以追溯到波德莱尔的时代，甚至更早，黑格尔的时代。

如果说在《现代生活的画家》中，波德莱尔明确提到的画家是居伊，那么，一般认为，他头脑中一直想到的现代生活的画家更有可能是他的老朋友马奈（Edouard Manet）。在对马奈影响最大的诗人中，毫无疑问首推波德莱尔。波德莱尔不仅是法国19世纪下半叶最重要的诗人之一，他还是19世纪下半叶最重要的艺术家批评家之一——从后世的角度看，也就是从历史影响力而言，波德莱尔扮演了莱辛和狄德罗（Diderot）在18世纪下半叶曾经扮演过的角色，即同时代最伟大的艺术批评家。

波德莱尔关于现代生活的画家的理想是这样的：能从转瞬即逝的时尚（或现代性）中提炼出永恒。这不就是马奈一直在做的吗？从《草地上的午餐》（*Le Dejeuner sur l'herbe*）、《奥林匹亚》（*Olympia*）、《杜伊勒丽花园的音乐会》《阳台》（*The Balcony*）、《阿让特伊》（*Argenteuil*）、《歌剧院舞会》（*The Ball*）、《铁路》（*The Railroad*），直到《女神娱乐场的吧台》（*A Bar at the Folies-Bergère*），马奈所做的，不就是从转瞬即逝的时尚或现代性中提炼永恒的形象吗？波德莱尔还猛烈抨击学院派画家，让一个现代巴黎人套上一件古罗马人的袍子，让他或她扮演一个古罗马的将军或交际花，从而躺在古代的程式上睡大觉。而马奈也总是相信“一个人应当成为他那个时代的人”。回顾一下，马奈一辈子所做的，不就是一直在批判僵化的学院派教条吗？甚至他将学院派奉为圭臬的提香（Titian）拿来加以改造，使其适应描绘现代生活的需要，也与波德莱尔不谋而合。

甚至，连波德莱尔提出的“闲逛者”（flâneur）的概念也与马奈的绘画观如出一辙。波德莱尔的闲逛者所代表的某种现实主义态度，不仅体现在马奈作品的主题、氛围和题材上，而且还深刻地体现在某种适应现代城市生活的知觉模式和新的观看方式之中。波德莱尔的闲逛者不是简单的游手好闲者，而是拥有某种知觉美学的人。而马奈的艺术倒过来也建构了一种观者，他们与绘画的遭遇，跟波德莱尔笔下的闲逛者在人群中的体验有着惊人的相似性。

但是，并不是所有人都同意波德莱尔与马奈之间的平行。马奈最早的捍卫者之一左拉（Emile Zola），就激烈地反对在马奈的艺术与波德莱尔之间画等号。但是，后来的诗人瓦莱里（Paul Valéry）却坚持认为这两位现代性的先知之间存在着“深刻的一致性”。尽管有不同的声音，波德莱尔与马奈之间最连贯的平行却存在于“闲逛者的现实主义”之中。波德莱尔和马奈都寻求表现19世纪五六十年代兴起的现代城市体验。这一点是如何在诗歌和绘画形象中加以表现的，或者从文化史的角度看，是如何聚焦于公共场所、妓女、纨绔子弟以及公众的其他面相的，一直以来都吸引了大量批评家的注意。[1]

詹姆斯·鲁宾（James H. Rubin）在《马奈：大写的M，手与眼》一书关于马奈与波德莱尔的一节中有一段总结性的发言，较好地概括了学界针对这一问题的大量文献：

> 人们经常指出这些理想（按指从瞬息万变中提炼出永恒，将自然主义与主体性结合起来）具体体现在波德莱尔的“闲逛者”概念中。这个现代公民-英雄（citizen-hero）乃是新的城市社会的一个固有的副产品。波德莱尔把他（闲逛者）视为一种令人钦佩的存在，一种绅士与纨绔子弟的混合。他经济上的独立使其能够发展出自己的审美能力，从而出类拔萃。其视觉乃是一种新视觉的典范……潜入社会以便仔细观察，与此同时又保持着距离，就像用一只小望远镜窥探的效果，乃是人们在人群中体验到的匿名性与亲密性的奇特混合的典型。这似乎有助于解释人们从马奈的作品，稍后从印象派的作品里常常感受到的那种直接性和距离感的令人惊叹的结合。对波德莱尔来说，这种疏远而又具有探索性的目光具体体现了现代人类状况，因为它起源于在一个人口密度大、人人都可以平等进入的城市空间的威胁这样的背景中保持个人完整性的需求。马奈对波德莱尔的术语了如指掌，他的早期传记作家们都称这位画家是终极的闲逛者。他在《杜伊勒丽花园的音乐会》中既作为参与者又作为旁观者的位置，当然暗喻了那个视觉的现代形式。

---

① 关于马奈与波德莱尔之关系的文献浩如烟海。对他们之间的友谊的一个全面的记录，以及波德莱尔为什么没有在其《现代生活的画家》中把马奈视为现代生活的画家的典范，参见Lois Boe Hyslop, “Baudelaire and Manet: A Re-Appraisal”, *Baudelaire as a Love Poet and Other Essays*, ed. Lois Boe Hyslop and Francis E. Hyslop, Pennsylvania State University Press, 1969, pp.87–130。关于诗画之间的相互激发，还可以参看Theodore Reff, *Manet: Olympia*, Viking Press, 1976, pp.88–111; George Hamilton, *Manet and His Critics*, Yale University Press, 1954, pp.29–30、40、78–80。汉密尔顿甚至认为“马奈1859年至19世纪60年代作品奇特的独创性，或许可以被理解为他对诗人（波德莱尔）的仰慕的结果”（第37页）。对他们共享的第二帝国社会背景的分析，见Theodore Reff, “Manet and Modern Paris”, *National Gallery of Art*, 1982, pp.13–28; Anne Hanson, *Manet and Modern The Tradition*, Yale University Press, 1977, pp.36–43。就绘画与过去的艺术的关系而言，关于他们的美学观的比较，参见Michael Fried, “Painting Memories: On the Containment of the Past in Baudelaire and Manet”, *Critical Inquiry 10*, no.3 (1984), pp.510–541。

王犁

阴澍雨

阴澍雨，河北霸州人，1974年生于河北香河。1994年毕业于河北轻工业学校陶瓷美术专业。2000年毕业于中国美术学院中国画系花鸟专业，获学士学位。2005年毕业于中央美术学院中国画系，获硕士学位。2011年毕业于中央美术学院造型艺术研究所，获博士学位。现为中国艺术研究院一级美术师，“美术观察”栏目主持。中国美术家协会会员。

王犁，1970 年生于浙江淳安。现为中国美术学院艺术管理与教育学院副教授、硕士研究生导师、艺术管理系主任。出版有文集《书桌画案》《排岭的天空》《忍不住的表达》以及《王犁画集》等个人画册多本。

# 对话：回到铅笔——谈速写

阴澍雨/王犁

不管是西方绘画大师的速写手稿，还是中国古代绘画中的线描草本，都有大量的经典作品传世，使学习绘画的人从中获得很多启发。或是造型的意味，或是表现的技巧，或是情感的释放，看似简单的速写包含了无尽的丰富内容，大家都对速写充满了兴趣，并由此了解、喜欢绘画艺术。在学画之初，大量画速写可以提高造型能力。报考专业美术院校，速写是必考科目，进入大学，速写依然是美术专业学生的必修课。速写训练的重要性不言而喻，但是训练的弊端也很明显，为了应试，程式化的教学形成了某种固定模式，学院教学中也很难纠正。慢慢地，大家对“速写失去了兴趣”，一谈到速写，马上联想到那种千篇一律的、标准化的、客观准确的范本，甚至都忘了那些曾经熟悉的经典。当代画家的速写手稿也很丰富，但大都隐藏在他们的创作背后，也很少引起大家的关注。画家王犁一直专注水墨创作，最近，他回到铅笔，频繁以速写作品示人，配以游记杂文，生动有趣。他的这种转变必有缘由，也一定有他的新思考。

**阴澍雨**：王犁你好！最近看到你的几组速写，很生动，与你的文字重叠在一起，可以读出你的创作状态，我也从中读出你的很多新想法。所以今天想请你谈一谈画速写的心得。

你从中国美术学院人物专业毕业，一直在进行水墨人物的创作探索，是什么原因让你回到铅笔，又画起速写来了？还是一直在画，没有拿出来，我们没看到？

**王犁**：大学毕业以后慢慢不想走写实绘画的道路，一直想寻求一种突破，长时间没有对付的招式，虽然一直在画画，对自己的努力并不满意，对自己的速写也不满意，一手考生气的延续，很长一段时间没有画。前几年带学生毕业考察，看到学生不停地拍照，不愿意画画，而拍照又是透过镜头看对象，反而失去了直接看对象的机会。同学们在陕西博物馆门口排队的时候，我拿起铅笔头就画起来，最初的本意是装给学生看看，老师都那么用功，你们怎么办？这一画就没有停下来。开始玩微信的时候，发在微信上显摆，南京艺术学院雕塑系尹悟铭老师留言“回到铅笔”，说出了一种朴实的状态，每一个画画的人都是从一支铅笔开始，但我们在技术训练的过程中，慢慢失去了开始的朴实，以为技术熟练就是画得好，其实那一刻正在远离初心。

**阴澍雨：我们学画开始，都画速写，而且主要是人物速写，将其作为造型训练重要手段，大量练习。所以在大家的印象中，速写是基础训练。随着当代美术的发展，学院教学也在不断推进，你现在做老师，你如何看待作为基础课程的速写在教学中的作用？在教学实践中，你是如何引导学生的？**

**王犁**：这几年一直也想借机会谈谈基础教学问题，实际上我们常说素描、速写是造型基础，而且把艺术道路演绎得像打通关，过了一个坎才能上另一个更高层次的坎，所谓循序渐进、水到渠成。后来发觉与文化有关的艺术问题，比想象要复杂很多，并不是一件事做好了，才能解决另一件事。每一个人在面对艺术问题的同时，还有成长教育问题，大概罗列一下就有造型问题、审美问题、艺术问题、心智问题等，以此类推某些时候审美问题比造型问题更重要，而造型问题并不仅仅是写实能力的问题。当我发现造型能力不完全是写实能力的一刻，并没有忽然开朗，反而是很痛苦。在教学中先鼓励多画，在班级学习氛围培养起来后，再把自己的理解慢慢灌输进去，特别是造型修养与造型能力的理解。

**阴澍雨：对你而言，画速写的目的和功用有哪些？**

**王犁**：中学阶段开始跟本地的老师学中国画，范本也是一些报纸上、画报上的中国画插图，后来出来参加美院附中的暑期培训班，看到附中学生布置在走道上的速写，觉得他们画得太好了，那已是自己不可企及的高度，于是也开始东一榔头西一铁锤地画起来。可以看到的范本是顾生岳、叶浅予、黄胄的作品，记得当时家父订一本《散文》杂志，封二封三也有速写作品，有王公懿老师的草原写生、郭修琳先生的海疆万里行速写。当时还买到一本小方开本《速写选集》（顾生岳、张岳健、佟振国编，浙江美术学院出版社1986年12月第一版），齐集着当时中国美术学院国画系硕、本的教学成果，自己分不清楚好坏，就是觉得帅得不得了。我真正开始有意识的大量画速写是上高中以后，就是这本《速写选集》里的一位作者刘涌，美院中国画系毕业以后，到我生活的小镇排岭锻炼一年，才开始有一个老师在具体问题上辅导我。当然开始画速写不外乎结构、比例等，甚至还碰到那么多衣纹，哪些该画哪些不需要画的问题。记得那个时候每个星期天一大早都去县城的菜市场，画一个上午，现在想起来，画得并不好，但乐此不疲。

以前画画就是喜欢，要说目的就是想考上美术学院，考上美术学院后做什么，也没有能力想得更远。

那个年代，四川美术出版社出了一系列速写画册，其中一本《史国良速写选》，周思聪先生写的前言里的一句话“史国良的速写是用麻袋装的”，深深打动了我，让我知道数量和用功的重要；这本《史国良速写选》几乎每天必看，熟悉里面的点点滴滴。记得大学毕业后在北京参展，好友汪为新和尹海龙把史国良老师喊来一起吃饭，聊天中我汇报了学习他的速写时的激动，他坦诚地对我说，当一些基本的造型问题解决后，我们面对的艺术问题是相同的。

也是高复的年代，在版画系的培训班上碰到朱维明老师，朱维明老师给我说，当你画的画从我们说话的地方开始铺，铺到美院的大门口自然就走进去了——也是说用功和数量的重要。

当时邱志杰等还是大三的学生，不时去考前班兼点课，我时常带速写给他看，那时我在迷埃贡・席勒、门采尔，他说克里姆特比埃贡・席勒画得好，保罗・荷加斯比门采尔画得好，高更的画就更好了，这种美院高才生一时的探讨，自己还听不懂。当时去看还在杭州教育学院任教的刘涌老师，他的一位央美油画毕业的好友也在，看我喜欢那本国画系学生的《速写选集》，他说画得不好，太习气了，不仅是对身边朋友作品的批评，那种坦率的表达超越批评的内容，确实迷倒了我。

这些都是学习阶段碰到的困惑。

**阴澍雨**：速写能起到收集素材的作用，并为创作服务，你的速写手稿会转换为水墨创作吗？

**王犁**：记得一次在陕西美术馆看王子云先生的考古文献展，里面有很多王子云先生的速写，作为考古学家的王子云先生为了节省摄影的胶卷，很多都用绘画的方式记录考古现场，虽然他有绘画出身的优势，绘画的目的还是不一样。速写不仅训练绘画的造型能力，在相机还不普遍的年代更是收集素材的重要方式，叶浅予、周昌谷、李震坚、吴山明、尉晓榕等一代一代画家，很多作品来自速写稿的整理。近些年我画的速写并没有整理成水墨创作的考虑，大概是在职读博期间，需要大量阅读理论书

王犁在创作

籍，没有更多的时间花在绘画上，那么外出等机会画点速写，一是还能保证动手能力，二是自己过过画画的瘾。

另外自己对怎么转换成水墨还没有成熟的想法，现在的速写解决了以往的考生习气，并还留有原初的朴素，总有一点值得珍惜的因素在里面，才有继续画速写的积极性。有人会问考生习气是什么？考生习气就是四平八稳，比例合适，站姿坐姿，干干净净，要说写实的基本要求样样都有，就是没有泥土味烟火气，看不到前辈画家尘土仆仆的味道。我学画的过程中临摹过很多连环画，虽然锻炼了构图能力和人物的组织能力，自己速写的连环画气，也是挥之不去的心病。不管是考生气还是连环画气，说到底就是嫌自己的绘画品质不够高，这种绘画品质不够高的原因，来源于自己学习绘画过程中只注意了基本能力的训练，并没有注意画面品质的培养。

**阴澍雨：我看到你最近的速写来源很丰富，题材多样，很少见到严谨客观造型的人物速写，特别是课堂示范的速写，这是为什么？**

**王犁**：我很少画人物速写的原因，是觉得自己还没有找到主观处理人物的能力和方法，风景、场景速写画到哪里算哪里，努力掺杂一些主观的因素，反而调动了自己画速写的积极性。

这里涉及“艺术源于生活”的老话题，我们有没有想过艺术是回到生活，还是借生活回到自己？我总觉得艺术是回到自己，自然已经存在了，只有回到自己，创造了一个新的审美对象，才丰富了这个世界。假如只是复制一遍对象，那不是还是对象吗？又有什么意思。所以不管写实绘画还是表现主义倾向的绘画，都应该强调主观性，就是画家作为主体的思考比重。

最近看到周思聪先生八十年代的一批人体课堂速写，还是觉得画得真好，就是绘画语言与塑造能力高度统一，不仅看到“能画”的技术，还有画家语言意识，相信吸引人更多的是审美的趣味。很多课堂写生只是提升描摹对象的能力，看不到画家自己，或者又是一张比考生能力强十倍或百倍的速写，我想再这样画还不如不画，或者是教学需要画给学生看看。对于独立的价值来说，画了也羞于示人。

**阴澍雨：西方大师的很多速写作品都是我们学习的对象，其中的表现手法很多样，我记得早年学画时都模仿过，诸如勾线方式、涂调子排线条、用工具擦抹等等，你肯定也下过功夫研究。中国绘画传统中的线描也很多，你如何看待这些已有的语言，你都有哪些借鉴？**

**王犁**：一直搞教学，结合自己的学习经历，也思考过很多问题的症结。速写刚开始解决比例问题，再是解决人物的结构问题，接着是画面线条疏密处理，慢慢这些能力都有的时候，延伸到场景人物组合。我就是从连环画中学习到人物组合，当然是连环画学习带来的好处。在那个年龄段呼啦呼啦画一堆人的能力仿佛很厉害，但自己没有向大师学素描，跟着时风走，总觉得自己的画面缺少一种说不清楚，但又很需要的品质。讲到底就是没有大师作品的气质。当然你也可以反问，本来就不是大师哪会有大师的气质啊。美院毕业以后，开始厌恶自己画的东西。其实勾线方式、涂调子排线条、用工具擦抹等可感的技术，在速写、素描的艺术探讨中占很少的比例，假如说这些东西占很大的比例，我相信我们在讨论两个问题。速写、素描本身就是用最简单的手法表现对象的丰富，我想强调手法是简单的，表现结果具备丰富的艺术趣味。我们不要技术手法很丰富，画出来的结果反而简单无趣。这让我想起黄宾虹先生早年的“实处易，虚处难”六字诀。那些绘画工具可以表达的事物还是容易的，比如线条长短、皴擦，或画个人画棵树还是容易的，难就难在这些元素组成画面后的气质。中国画讲气韵生动，西洋画讲一种优雅的品质。不管中国画还是西洋画，学时风总觉得不过瘾，学流行更觉得有低俗的感觉，何况低段位时期看到的流行，或许是你觉悟后最不喜欢的那一类。在学画的经历中我有这类切身的感受。

**阴澍雨**：谈谈你画速写的工具材料，有哪些特点？有没有不同以往的特别之处？

**王犁**：我对材料要求不高，一支铅笔头，一本速写本，一只可以随意挂在肩上的布袋。前几年还兼任素描课时，陆陆续续捡了很多铅笔头。那些铅笔头大多是教室里捡来的。现在的孩子条件好，每次素描课下来，我都可以捡一堆铅笔头，有些还是半根的，就在教室里随着同学进出教室的脚步踢来踢去，黑乎乎的像遗弃的孩子，当捡起来收集在铅笔盒时，才是它们应该的位子。我基本上选择5B、6B等软铅，画的时候，在纸上感受松松毛毛淡淡的材质，好像不是在画对象，是借对象在寻找材质带来的细腻的感受。越是简单的工具，你能感受到材质的细腻，并借助对象把它表达出来，或许如“芥子须弥”的理解吧。

**阴澍雨**：你最近的速写都是铅笔速写，铅笔的表现力如何体现？你是如何运用的？从技法角度来看，与水墨的关联有哪些？举例来谈谈。

**王犁**：很多人都问我，你是中国画家怎么不直接用水墨画？我前面也流露了自己在艺术追求上的无奈。我不像大多数艺术家对自己的艺术作品很自信，我是对自己作品不满意后，发现自己速写里还有一些可贵之处。当然，自己中国画的学习背景，一些潜移默化的东西会带到现在的速写里。很多人看我画画时拿铅笔像用毛笔的样子，还有橡皮的使用，并不是画错了用橡皮擦一下，是画面十分减成七分的工具，无意间揉在一起还多几分水墨的效果。记得我们学院77届油画系毕业的前辈徐进老师看到，留言说不像画国画的画的，我把它当作一种鼓励。我一直以来担心的是画得好和不好，而不担心画得像什么画种。

**阴澍雨**：你的速写都受到哪些艺术家，或者哪些作品的影响？如何看待当代艺术家的速写或是草稿？

**王犁**：八十年代讯息不像现在那么顺畅，看到什么就学习。在我解决基本比例能力的阶段，可以说那个年代史国良的速写作为范本获益良多，让我想起小说《生命中不能承受之轻》里的梦，小说主人公一直做一个小的时候在河流里漂流的噩梦，抓到什么算什么。当时可以看到史国良、黄胄、叶浅予的速写画册，但分不清楚好坏，只不过辈分不一样，我觉得到这个水平应该差不多吧。很多年以后，开始感觉史国良的速写不够过瘾。这三个名字正好是速写境界的三个层次，可惜到中年以后才读出叶浅予速写的厉害来。上海滩张光宇那辈的造型修养，一辈子的技术与审美辉映，感觉放到世界大师之林都不逊色。当然那个年代还在刊物上看到过陈丹青的速写，说实话陈丹青的速写也是吸引我去西藏的原因。1995年大学四年级毕业考察，也在大昭寺门口画了近一个月的速写，现在去看那些速写，感觉画得并不好，对自己来说就是尽力了。

刚开始学速写的时候，当然看不懂马蒂斯速写的好来，我自己也有这个过程。八十年代末四川美术出版社那套“当代画家画速写”中还有一本《雨屋速写》（四川美术出版社1989年4月第一版），第一次看到觉得什么乱七八糟的，大概有十几年的历练后，越来越觉得好。后来碰到王彦萍老师，也告诉她自己的看法的变化，并表达了对她的敬意。这本速写集的前言是卢沉先生写的，前言只言片语并不长，开篇就是警句：“许多初学画的青年，往往分不清得心应手与耍技巧的区别。把毫无感情、浅薄玩率的速写当作仿效的范本，满足于画几根‘漂亮’的线条、简单化的处理。一旦沾上习气，终生受累。”

其实只要一流的画家，他们的速写都非常好，只是写生多一点，还是处在草图等

王犁速写作品
《漈下村口》
20cm × 27cm
2018年

王犁速写作品
《大樟树下的斜坡 》
19cm × 25cm
2021年

不同的状态。我们看到当代有些著名画家很有名，创作也画得不错，速写仍然一手考生气，反过来说明他对创作的思考，也就停留在全国美展入选或获奖的思路上。

我特别喜欢段正渠先生的纸本，你说他是速写还是什么？就是觉得很入味。有一次，看到一本李孝萱先生的速写集，喜欢程度甚至超过他的水墨作品，也感慨那一代英雄好汉的底盘。还有孔千老师的素描，对于孔千的素描，我有很多看不懂的地方，但从他多年作品的轨迹来看，相信他已走进更形而上的思考。很多东西看不懂并不等于不好，就像我在某个阶段读不出马蒂斯、雨屋的好来一样。同辈中有一堆速写好手，雷子人、杜小同、秦修平、党震、潘汶汛、刘琦等这拨水墨圈的人物，这几年院校交流中，很多其他专业的好手如林，我都可以报出上百个名字。特别是在美术学院工作，身边哪一个不是速写好手？跟他们比我的速写真不够好，只是他们的作品足以吸引人，还不想把他们的速写、草图呈现给大家看。我还想说的是我们一代占资讯发达的便宜，可以看到更多更好的东西，呈现出更为多元化的色彩。

这几年我琢磨的比较多的是黄宾虹、莫奈、博纳尔、杜布菲的速写，看到不多黄宾虹的铅笔写生与莫奈速写交叉的地方，让我获益不浅，这也感谢常一起出国的山水画家曾三凯老师与我聊天中给我的启发。

**阴澍雨：看了你的散文和游记，闲适的调调，其中还杂陈着各种思考，有时诙谐，有时灵光一闪，很有趣，也很积极。我看你的速写，大致是相同的感觉，与文字放在一起，就像日记一样，记录着你的心境。谈谈你画速写的状态，如何表现人的状态？**

**王犁**：我的文字跟我的绘画一样流露出太多的无奈。往往第一次到某个地方的新鲜感，我愿意都记录下来，当第二次第三次去的时候，就不愿意写了，这不是高手的表现，高手往往可以在熟悉的生活中挖掘出更深刻的东西。我清楚地知道自己文字的尴尬与绘画一样，都是底子不够好的原因，只能用大白话记录一些真实的感受。我经常说因为自己的技法（文字和绘画）不够好，再失去“真”那什么都没有了。但这个真不是写实，是感受的真，很多写实也很虚假，说不定技术越熟练，虚假的程度越深。这么多年的写作，我也感受到真正吸引读者的是想表达的意思，你只要把想说什么说清楚，就是一篇有意义的文字了，不要负重太深。跟绘画一样我的传统底子不够好，做不到文字的雅致，但读到现在的人那些用华丽的辞藻堆砌起来的旧体诗，也恶心得想吐。聂绀弩先生的旧体诗读起来像打油诗，他的厉害还是表达了一代人的心史。

**阴澍雨**：在欧洲、在北美、在国内，你画速写是什么样的情境？用了哪些方法？具体谈谈。

**王犁**：在哪里我都不太画具体的人物，我害怕眼前又出现一张考生试卷，偶尔在场景中带点人物，恶习稍微少一点。到哪里都是抽空画一点，我总觉得好画是选出来的，不是画出来的，只有多画才有更多的选择余地。这几年画画心态变化很大，以前希望画好，面对一张纸，负重太多；现在知道画不好是肯定的，多动手反而没有负担。这几年出国比较生活化，不像以前跟旅行团赶来赶去，在北美主要是加拿大的多伦多，偶尔会陪来玩的朋友去一下魁北克等地，那种隔几天看一下博物馆，再动动手的感觉很舒服。两年前与曾三凯老师在巴黎待了一个半月，半天看博物馆半天画画，这样看博物馆不累，画画也不累。有一次看完橘园美术馆，晃荡到凯旋门，再回走到塞纳河边，我们说画张画吧。看着对面埃菲尔铁塔的晚霞，一下把看大师作品的感觉带进来了，其实就是把实景往虚里画，并且有浑然的感觉，可惜塞纳河里几根木桩画实了，算是画面的败笔，虽然是画面很小的一部分，但画画处处是细节。我仍然很喜欢这张速写，觉得是自己要的感觉。后来与三凯去普罗旺斯朋友处玩，朋友伊沙天天开车载我们转附近的小镇，一路上三凯跟我聊看印象派的感受，还有黄宾虹用铅笔的，而感觉像毛笔，促使我画出那批写生。要说方法就是一根6B铅笔头，软铅的质地，在画的过程中寻找松松毛毛的感觉比画清楚对象还重要。

**阴澍雨**：目前，虽然你的速写画得挺有意思，但也不能一直这样以速写为主画下去，终究要以水墨为主攻方向，你对自己的水墨画发展路径有何规划？

**王犁**：前一阵子去天津美术学院国画学院做了一个面向新生的讲座，讲座后的提问环节，有同学问我现在的困惑是什么，我告诉他，我的困惑就是对经典的转换能力不够，同龄人中优秀的同行，哪一个不是从经典中寻求自己突破的支点，而我的作品不经看的原因就在这里。到现在还是这样的处境，什么时候可以做到也不知道，只有等待，看书、写字、速写等，只是等待的方式而已。

诗建设

# 诗学

**Poetics**

# 搭个楼梯，接诗下凡

颜炼军

一

在课堂讲诗，常有如此幻觉：以诗为圆心激起的理解共同体，像个语言磁场，在场者因此构成特别阵势。诗的磁力往往即兴唤醒诸多经验与知识，比如有一次课间，见有年轻朋友读印度大诗人泰戈尔的诗，我忽然回想起几日前，我曾向一个印度学领域的朋友请教什么是瑜伽。得到的是如此回答："瑜伽"就是在看似没有不相干的事物之间，建立起关联与谐和。我全然不懂瑜伽，但朋友这个解释却让我想起英语中universe（宇宙）一词。分开看，"verse"意思是"诗"，"uni"指"联合"。似乎"宇宙"是诗的大联欢，像《国际歌》里的"英特纳雄耐尔就一定要实现"。与该词同根的university（大学），也可望文生义：古今天地之学，诗的大联合。

中国古人有天、地、人"三才"说，人是天地之心。汉语里关于"诗"的最早解释，也关乎心："在心为志，发言为诗。"（《诗·大序》）"志"由"士"与"心"构成，盖上古巫史都属于"士"，"士"心所念想变成语言，就是"诗"。据闻一多的考论，甲骨文里的"诗"与"志"是同一个字。

这涉及诗的发生本源："诗"从哪里来？在所有文学体裁中，诗大概最早出现，因此关于诗的本源和发生，讨论最多。按"在心为志，发言为诗"字面义，"诗"应是内心情感表露——如近代英国诗人华兹华斯说的："诗是强烈情感的自然流露。"（曹葆华译）但深究起来，"士"最早若也指巫师，巫师能通神，"士"的"心"所想而成诗者，很可能是神谕的表达。神谕乃天地之意。是什么通过心灵而变幻成"诗"？"诗"究竟是人生理构造的结果，还是某种外在于人的超验力量所催生？柏拉图的《伊安篇》里，苏格拉底与诵诗人伊安争论过类似问题。伊安认为，诗的能力来自他自己；而苏格拉底的反驳是：诗是神的附身——灵感激发所致。意大利现代诗人蒙塔莱有首名为"诗"的诗，很幽默地重写了这一古老争论的现代形态：

从世纪的清晨，
人们就在讨论，
诗是来自外部，
还是发自内心。
一开始内心派获胜，
后来，外部派发起猛烈反攻，
多年之后又宣布休战，
争论无法进行，
因为外部派已经武装到牙齿。
（吕同六、刘儒庭译）

经过几百年科学思维的磨洗，现代人一般不再纠结诗歌起源的人神或内外之别，而更注重它在生理和语言层面的发生机制。比如美国诗人T.S.艾略特如此描绘诗歌创作过程：

当一个诗人的头脑处于最佳的创作状态，他的头脑就在不断地组合完全不同的感受。普通人的感受是杂乱无章的、不规则的、支离破碎的。普通人发生了爱情，阅读斯宾诺莎，这两种感受是相互无关联的，也和打字机的闹音或烹调的香味毫无关系；但在诗人的头脑中这些感受却总在那里被组合成为新的整体。（李赋宁译注）

组合不同甚至相对相反的感受，是诗的重要构成逻辑，众多诗人理论家都曾表达过类似意思。按此思路，可在不同诗里找到共通性。比如《诗经》开篇“关关雎鸠，在河之洲”与“窈窕淑女，君子好逑”之间，正是不同感受的组合。情侣成对与雎鸠成双，既有人禽道殊，也有人物一理。异同兼具，遂可组合为诗。再比如南宋杜耒《寒夜》一诗，末句为：“寻常一样窗前月，才有梅花便不同。”“窗前月”的寻常，梅花出现的“不同”，都是主观感受。花前月下之美，是基于人在不同事物间建立关联的能力。这种艾略特说的“组合”能力，诗人如何具备？天然养成还是苦吟获取？英国现代诗人R.S.托马斯有首诗，将这个疑问作为主题：

夜饮谈诗

“听着，诗应出之天然，
像花茎，以粪为肥，
在迟钝的土壤里慢慢生长，

终于成为不朽的美丽白花。”

“天然？别见鬼！乔叟怎么说的，
做诗需要长年的辛苦，
不辛苦诗就没有血液。
听任天然，诗只会乱爬，
像枯草一样无力，又怎能穿透
生活的铁壳！伙计，你得流汗，
得苦吟到断肠，如果你想
搭个楼梯接诗下凡。”

“你说这话
像是从来没有阳光突然照亮心灵，
使它不再在黑路上摸索。”

“阳光得有窗子
才能进入里屋，
而窗子不是天生的。”

就这样，两个老诗人
拱肩喝着啤酒，在一个烟雾腾腾的
酒店里，四周声音嘈杂，
谈话人用的全是散文。
（王佐良《英国诗史》）

在烟雾与吵嚷中，两位各执一端的老诗人，就诗歌如何生成的问题未能统一意见；末句“谈话人用的全是散文”，微含反讽：诗唯靠诗自身才能说出自身，散文怎能说出诗呢？机锋对敌，有点像中国古人“欲辩已忘言”之说。

二

汉语新诗已历经百年，其合法性至今仍争议不断。不可否认的是，一百年来，已经产生许多脍炙人口的诗作。新诗算老几？为方便解释，需从一些基本问题说起。

今天讲“诗”，容易视之为普遍性、本质性的概念。然而汉语里的“诗”的界定，一直在变化。浏览文学教科书便获得这样的知识，《吕氏春秋·音初篇》中记录了最早的诗篇之一："禹行功，见涂山之女。禹未之遇而巡省南土。涂山氏之女乃令其妾候禹于涂山之阳。女乃作歌。歌曰：'候人兮猗！'"这句歌词被今人认为是最早的诗作之一，这是按现代诗歌观念作出的判断。先秦典籍里凡涉及诗，都指的是《诗三百》（汉代始称《诗经》）里的作品。迟至汉魏时代，"诗"许多情况下依然指《诗经》。诗人屈原的作品，刘勰《文心雕龙》里尚不被归入"诗"，而是以"诗"和"骚"并列。由于"诗"的内涵和外延的扩展，今日说的"诗"，囊括了《诗经》《楚辞》以来的各种"诗"的文体形式。

诗的形式观念也是动态的。《诗经》《楚辞》已有明晰的形式特征，但古典诗歌系统化的音韵规则，成型比较迟。按陈寅恪考证，南齐永明年间"四声"的发明，不但是南北语言汇合的结果，也是文学写作学习当时流行的佛经唱诵声韵的产物："四声何以发明于南方而不是发明于北方？须知南朝能文之士，每人至少可以说两种语言，一为洛阳语，一为吴语，对声音的高下重浊能够辨别。""四声何以发明于南齐永明之世？按四声的发明是善声沙门与审音文士合作的结果。"换言之，"四声"是文化开放、交流和融合的产物，而非封闭地产生于汉语内部。南北朝到唐宋时代，无数诗人的贡献，丰富了诗的形式。另外，还需要强调的是，中华民族共同体内的许多少数民族，也有体式不同的诗歌传统。比如维吾尔族的《福乐智慧》、藏族的《格萨尔王》、蒙古族的《江格尔》、柯尔克孜族的《玛纳斯》、彝族的《阿斯玛》，它们之间因为地域、语言和宗教背景的差异，也有丰富多元的形式特征。在多元一体的中华文化交流融合过程中，这些诗歌传统也扩大了汉语中"诗"的认知边界。

"诗"在西方文学里也一直在变。古希腊学者亚里士多德的经典著作《诗学》里，关于诗的理解就与现在不同。在古希腊人看来，一切当时的文学类型都属于诗，比如史诗、悲剧诗、抒情诗等。史诗后来逐渐成为小说的源头之一，悲剧诗则演化成戏剧，抒情诗更接近于今人所习见的诗。因为文学形式观念的中西差异，中国人翻译西方不同时代的诗集，在诗歌形式的接受上也有渐进性。比如14世纪英国诗人乔叟的《坎特伯雷故事》是长篇叙事诗，有独特的韵律规则，但汉语里没有这种诗体，所以许多翻译家只好把它译为散文，读来像明代白话小说"三言二拍"。意大利诗人但丁的《神曲》是一部长诗，但几种汉语译本也都将它翻译成散文。莎士比亚的剧作也是诗体，但汉语译本中也多翻译成散文。也有翻译家曾尝试依照原文文体翻译，比如香港的黄国彬教授翻译的但丁《神曲》，卞之琳翻译的莎士比亚悲剧，都是以诗译诗的杰出尝试。诗的押韵形态、押韵与否，背后常有深刻原因。但丁是天主教徒，《神曲》中的三句韵式，对应的是"三位一体"观念；弥尔顿长诗《失乐园》的不押韵，则与全诗饱含的近代自由精神呼应。

以上短斤少两的简述，目的是想说明，作为现代读者，生活在全球化不断加速的时代，我们有幸面对不同文明传统的诗歌形式。无论绝句、律诗、鲁拜体、俳句、九行诗、十四行诗、英雄双韵体、十九行诗……还是汉语还未曾学习的其他国家或民族的诗，都是不同可能的诗歌方向。随着外国诗歌被大量翻译成汉语，史诗、叙事诗、抒情诗、哀歌、赞美诗等诗歌形式，也在汉语诗歌世界里找到居所；反之，汉语诗歌在被翻译成各种外文的过程中，也常常获得新的色泽和意味。简言之，不同诗歌传统的碰撞融合，正在催生多种多样的诗歌新发明。

汉语新诗是近现代以来中外文明相遇的产物之一。一百多年来，中国人的世界认知不断扩大，新诗实验也因此如火如荼。新诗与任何事业一样有成有败：有些作品或许是未来伟大传统的开端，许多失败也能给人启发和思考。今天我们关于“诗”的理解，尤其是对新诗的理解，不但要考虑汉语诗歌的古今赓续与差异，也需要考虑全世界不同文明传统中的“诗”在现代以来的交互交融。

三

迄今为止，汉语新诗最大的世俗“压力”，就是动不动被拿去跟古诗比较。读古诗有许多定则，有前人的大量训诂和注释，另外，我们更有一种对它的文化依赖感。

当然，古诗其实也未必那么好读，即便是耳熟能详的作品，今天的读者依然有许多习焉不察的理解分歧和误读。比如李商隐的名诗《登乐游原》：“向晚意不适，驱车登古原。夕阳无限好，只是近黄昏。”关于“夕阳无限好，只是近黄昏”，常常被解为大唐帝国衰落的预言。但真是这样吗？浙江大学古汉语学者王云路教授曾慧眼指出，在当时语言习惯里，“只是”一词并非语义转折，而多近乎“恰是”之意。诗人只是在感慨：恰恰是近黄昏的那一片刻，夕阳最美。再比如李清照的词《声声慢·寻寻觅觅》首句：“寻寻觅觅，冷冷清清，凄凄惨惨戚戚。”如此叠词成句，古代诗词里很少见，这样写到底好在哪？现代学者傅庚生的精彩解读，恐怕非一般读者能体察的：

> 此十四字之妙，妙在叠字，一也；妙在有层次，二也；妙在曲尽思妇之情，三也。良人既已行矣，而心似有未信其即去者，用以“寻寻”。寻寻之未见也，而心似仍有未信其便去者，又用“觅觅”；觅者，寻而又细察之也。觅觅之终未有得，是良人真个去矣，闺闼之内，渐以“冷冷”；冷冷，外也，非内也。继而“清清”，清清，内也，非复外矣。又继之以“凄凄”，冷清渐蹙而凝于心。又继之以“惨惨”，凝于心而心不堪任。故终之以“戚戚”也，则肠痛心碎，伏枕而泣矣。似此步步写来，自疑而信，由浅

入深，何等层次，几多细腻！不然，将求叠字之巧，必贻堆砌之讥，一涉堆砌，则叠字不足云巧矣。故觅觅不可改在寻寻之上，冷冷不可移植清清之下，而戚戚又必居最末也。且也，此等心情，惟女儿能有之，此等笔墨，惟女儿能出之。

王维的名诗《辛夷坞》：“木末芙蓉花，山中发红萼。涧户寂无人，纷纷开且落。”诗里有典故，也有对感觉的精准描摹。芙蓉即莲花，辛夷花与莲花长得像，所以将它比作长在树枝头的芙蓉。暗含的典故出自《九歌·湘君》：“采薜荔兮水中，搴芙蓉兮木末。”“纷纷开且落”写得非常准确：辛夷花即玉兰花，它花瓣大，边开边落，满树花开，遍地落英。不赏识玉兰花，未必就能体会这一句的精彩。古诗有许多习焉不察的“难懂”之处，但多半是训诂学意义上的困难：今人与古人生活经验和知识构成有隔阂，在言语音声方面也有巨大差异。现代诗的“难”，却是另一种意义的难。

关于新旧诗的差异，现代诗人艾青讲得有意思：

我们的时代不是骑着毛驴写诗的时代。一个世纪以前，世界上还没有电影。五十年前，我从上海坐轮船到马赛航行一个月；而现在从北京坐飞机到法拉克福只要十七个小时。

唐朝杨贵妃要吃新鲜荔枝，得累死多少马；而现在从广州到北京，荔枝叶子上还有露水哩。

世界开放了，距离却缩短了。生活受到四面八方的冲击——要回复到“悠然见南山”的闲适心情是不容易了。请那位主张“男女授受不亲”“非礼勿视”的曲阜老头子到青岛海滨的游泳场去见见世面吧。

作为现代诗人，艾青敏锐地注意到，古今生活经验和世界观念的巨大区别，是现代诗的独特所在。伟大的古典诗传统，是我们教养的一部分，是取之不尽的文化资源，但复杂的现代经验与物象，却需要现代诗歌来探究和呈现。比起艾青的时代，当代社会更加复杂多元和瞬息万变，从中生发出的现代诗，自然也有与生俱来的“晦涩”。理解各种“晦涩”的现代诗，就是理解现代生活。美国诗人庞德曾如此批评不劳而获的阅读惰性：“公众思维中的混乱有一个十分简单的原因：凭空获取某物或不经劳顿而学会艺术的欲望。”这可能也是许多读者对新诗的态度。破解这个难题，需要优秀的批评家和文学教育工作者的持续努力。

## 四

语言中潜藏着两极：一极是诗的，一极是散文的。好的散文朝向诗，整脚的诗则徒有其名。许多中外学者都论述过诗与散文的区别。清代学者刘熙载在《艺概》中所言十分有趣：“文所不能言之意，诗或能言之。大抵文善言醒，诗善醉，醉中语亦有醒时道不到者。”

醉语之喻，与西方诗学中的酒神精神可作参照。许多伟大诗篇里，都贯穿癫狂炽热的力量。酒神及其信徒可以动摇和撕碎一切，让万物遵从“醉”的力量。当然，这种力量甚至也能“撕碎”诗人，西方诗人的鼻祖俄尔甫斯，就是被酒神的女信徒们撕碎。这是对诗人命运的一种古老隐喻。

因为诗歌与生俱来的“醉”，读者在好的诗里都能获得莫名的、区别于散文的“诗”感。瑞典诗人特朗斯特罗姆精美诗作《活泼的快板》虽经过翻译，但在语言表现和意义生成上，依然饱含鲜明的“诗”感，下面是最后两节：

音乐是山坡上一间玻璃房，
那里石头在飞，石头在滚。

石头滚动着穿过房屋，
但所有的玻璃都安然无恙。
（李笠译）

以色列现代诗人阿米亥的诗《给我自己的歌》开头两行如下：“我的灵魂像钻石切割匠的双肺一样受损。/我一生的日子美丽而坚硬。”（傅浩译）灵魂、钻石切割匠、双肺通过比喻奇妙地组合在一起，实在是动人心弦之诗。

一些台湾当代诗人十分热衷语言形式实验，让作品有显眼的“诗”感。比如陈黎《而蜜蜂也对你歌唱》，其中“耳Beeeeeeeeeeeeeeeeeeeeeeeeeeeeeeeeeeeeeeeeeeeeeeeeeeeeeeeeeeeeeeeeeeee”一行在全诗里重复了十六次。诗人利用英文bee的形象感，创造出新的语言形态。似乎是一大群蜜蜂的声音灌进诗歌的“耳畔”，让读者相信，诗可以把无边的嘈杂放进音乐形式，让噪音变成演奏。这几乎也是关于诗歌的比喻：诗人把所感所见所听转化为诗，转化为一种语言秩序或制作；同时也尽可能地释放语言的声音、意义、色彩、味觉等层面的潜力。再比如台湾诗人商禽的《逃亡的天空》，就是一首以隐喻牵连起来的现代回文诗。总之，诗人的写作，就是解放语言的想象力，激发内在于语言的魔法。在一首好诗里，每个字、每个词、每句话都会瞻前顾后、律动交响，以非凡的方式引发读者的好奇回味和心驰神往。

作为文体，诗的形式虽然多种多样，但有大致可辨的物理特征；诗是内在于语言的一种理想构形，诗是对语言自在境界的无限接近。博尔赫斯在《诗艺》一诗里也说得微妙：“要把岁月的侮辱改造成/一曲音乐，一声细语和一个象征。//要在死亡中看到梦境，在日落中/看到痛苦的黄金，这就是诗。”（王永年等译）波兰诗人辛波丝卡也有类似说法：“那么是否真有这么一个/由我统治、唯我独尊的世界？/真有让我以符号捆住的时间？/真有永远听命于我的存在？”（陈黎、张芬龄译）他们以诗说诗，说得太妙。巴勒斯坦诗人达尔维什干脆说：“诗……是什么？它是这样的话语——当我们听到或读到它的时候，会说，这就是诗！而不再需要任何证据。”（薛庆国、唐珺译）这不是一个直接定义，但是它给了我们同义反复的勇气：诗就是诗而不是别的。

通常情况下，诗注重语言的本体功能，散文的语言，更大程度上作为意义的传递工具。换言之，诗往往将字词句各层面的组合、焊接、碰撞等形成的音响、色彩和意义效果，作为核心追求，所以诗要突破语言的常规。博尔赫斯说：“读来仿佛是诉诸理性的篇章就是散文；读来仿佛是诉诸想象的，就会是诗歌。”（王永年等译）“想象”一词英文为imagine，它来自古希腊。按字面意思，imagine指在心中为某事物构设一个像它的图像，换言之，为抽象事物寻觅可见的形象组合；而构设或组合的力量，源自神灵。这个词汉语翻译为“想象”，或许减损了这层意思。“想”是“心”上有“相”，“想象”就是心里有了“相”和“象”，代指心里出现触觉、听觉、视觉的形象浮现和组合。

为了实现新的组合和表现，难免造新词新境，甚至脱离约定俗成的语言习惯，而造成阅读的晦涩感。俄国诗人布罗茨基说，散文与诗可以相互学习。散文向诗学习“借助词语在一定的上下文中产生的特定的含义和力量；集中思路；省略去不言自明的赘语；警觉高涨的情绪中潜伏的危险”。而诗可以向散文学习“对细节的重视；对土语和官腔的采用；结构技巧”。当然，他很骄傲地说，这三者其实完全可以从诗歌自身的传统中撷取。（《从彼得堡到斯德哥尔摩》，王希苏、常晖译）的确，小说家、散文家、戏剧家都希望自己的作品达到某种“诗”的境界。而诗人对自己的诗行，却从没有相反的愿想。

汉语新诗打破古典诗严格的韵律规则，看似只剩下分行这一形式标志。正如上面说过的“组合”原理，好的新诗，显然并非简单的散文分行；换言之，要在白话文中发明语言之醉态，难度或许更大：新诗可自由实验甚至发明各种形式，但许多情况下无成法可依。一百年来，新诗一直努力汲取古今中外各种诗的形式资源。客观地细看，其中已出现许多方向和多种可能，尤其近几十年来，可谓生机盎然。我们对之认识不足，或许“只缘生在此山中”。

对诗的语言和散文的语言，其实我们能够直觉地区分出来。比如看下面这段分行文字：

这几天
心里颇不宁静
今晚在院子里
坐着乘凉
忽然想起
日日走过的荷塘
在这满月的光里
总该另有
一番样子吧

读者或许发现了，这是朱自清散文名篇《荷塘月色》的选段。即使经过适当分行处理，读者依然能够感觉到其中的散文气息。对比下面这段文字：

正午像一头披发的狮子，静静地卧在群山的背上。村庄，像一艘潜艇，沉入了午睡的深渊。孩子们趴在井沿上，听一滴穿越时空的水摔碎在幽暗的井底：滴——滴——滴。

这段不分行的文字，其中大跨度的比喻、句义的腾跃与布局方式、显著的声音感，让人感觉，这不是一般的散文，很可能是散文诗。其实，这是当代诗人西渡的一首小诗，上面的只是取消分行而已。诗为《村庄》，原诗如下：

正午像一头披发的狮子，
静静地卧在群山的背上。

村庄，像一艘潜艇，
沉入了午睡的深渊。
孩子们趴在井沿上，
听
一滴穿越时空的水
摔碎在幽暗的井底：滴
滴

滴

到了诗末，读者似乎能听见水滴的声音，目睹水滴落到井底的过程。三个“滴”之间的跨行与分节，精妙地参与了意义的生成。诗人骆一禾在分析海子的长诗《太阳 · 土地篇》时，曾专门论及形式与意义之间的关系：

> 《土地》中不同行数的诗体切合于不同的内涵冲腾，或这种文体就是内涵的自身生长。例如独行句的判断语气之用于真理的陈述，双行句的平行张弛之用于戛然而止的悲痛，三行句和六行句的民谣风格之用于抒情，十行句的纷繁之用于体现内心轰动的爆炸力上，以及四行句和八行句的推进感之用于雄辩、言志和宣喻。（陈东东编《骆一禾诗文选》）

不管海子的诗是否真正达到骆一禾所描述的效果，但由此可见，优秀诗人对语言的设计，总是基于诗的内在需求。

语言符号表现事物时，涉及选择淘汰和排列组合。现代诗人闻一多曾说："选择是创造艺术底程序中最要紧的一层手续，自然的不都是美的，美不是现成的。"日常和自然的经验，需要选择过滤和重组后，才可能成为诗。荷马史诗《伊利亚特》第二卷关于希腊联军阵仗的描述，非常形象地表达了诗人的"选择"过程：

> 告诉我，家住俄林波斯山的缪斯，
> 女神，你们无处不在，无事不晓；而我们，
> 只能满足于道听途说，对往事一无知了。告诉我，
> 谁是达奈人的王者，统治着他们的军旅？
> 我无法谈说大群中的普通一兵，也道不出他们的名字，
> 即便长着十条舌头、十张嘴巴，即使有一管
> 不知疲倦的喉咙、一颗青铜铸就的心。
> 不，我做不到这一点，除非奥林帕斯山上的缪斯，带埃吉斯的
> 宙斯的女儿，把所有来到特洛伊城下的士卒都一一下告于我。
> 所以，下面提及的，只是统率船队的首领和海船的数目。
> （陈中梅译）

面对广阔繁杂的现场，诗人如何选择和组合词语、意象、情节等元素？这是写作永远面对的问题，所以荷马乞灵于缪斯。诗歌呈现的言语秩序，就是一套知觉系统，不同的诗对读者发出不同的阅读呼唤。将什么句子、音韵构成一首诗，某种意义上就是对这个世界的重新组合。诗歌的语调、语码和语象形态，背后的价值观，可能是对现有价值观念的颂扬、质疑、抵抗或反思。比如英语诗人艾略特的长诗《四个四重奏》，"四重奏"是音乐名词，全诗包含了轮回反复的观念。在人类历史上，轮回观念一直占主流。比如在古代阿拉伯人的观念里，"一千"是最大数字的象征，结束后又从"一"开始，《一千零一夜》的标题就意味着轮回。佛教里有轮回，《周易》六十四

卦的最后一卦，是“未济”，前一卦叫“既济”，“既济”就是“已经过河了”，而“未济”却否定了前一卦的结束，周而复始。自达尔文以来，各种型号的进化论和优胜劣汰的主张成为时髦，一方面激励了许多个人、集体和民族奋发图强，同时也成为新的意识形态。这是否只是人类的一种知识幻觉？人类在取得进步的同时，许多方面也在退步。几十年来，思想家们对此已有多重反思和批判。文学艺术对轮回观念的重申，看起来有些消极或宿命，对已然真理化的进步观念，却有纠正和警醒的作用。实际上，每一首动人的现代诗，都在以新锐的言说，不同程度地提醒读者：某个定型的世界、秩序或者观念，其实是松散的、不可靠的。因为这种不可靠，所以“你必须改变你的生活”（林克译）——德语诗人里尔克在一首诗的末尾这样写道。

英国诗人、批评家奥登认为，批评家的职责应该有如下几方面：介绍好的作品或作家；指出不同时代和不同文化的作品之间的关系；给出对一部作品的一种“阅读”方式，可以加深读者对它的理解；阐明艺术“创造”（making）的过程；阐明艺术与生活、科学、经济、伦理、宗教等的关系。（《染匠之手》，胡桑译）在本书举要式的解读和批评中，笔者希望能够自觉履行这些要求，但必然力所不逮，甚至有差错。想起吾师敬文东先生的教导：做一个批评写作的学徒，更容易获得进步的愉悦。前面引过英国诗人R.S.托马斯的诗句，“搭把梯子接诗下凡”，这说的似乎就是批评家或文学教师的工作，但在我而言，我繁言解读的作品，已然从仙质降为凡品。好在，下凡仙女总要找到羽衣飞回天上，经读者心智的天梯，好诗会重回“天上”。

# 雪之妙

## ——汉语诗歌的物质想象如何可能？

张光昕

1

老子曰：“无名天地之始；有名万物之母。”人对世界的认识起始于一片空白的无名状态，每一种事物都在这片原生的空白里萌芽，获得各自的命名，涂写出独一无二的形态和痕迹，绽放出生命本真的节奏和歌唱。人类命运的秘密就蕴藏在世界源头的空白里。在自然的宇宙天地间，雪，让人们在有生之年领教了这片天地一色的空白，让我们得以在幻象中瞥见宇宙洪荒最初的容颜，聆听到无的声音：雪的独白。这纷纷洒洒、惟余莽莽的雪是自然主义的雪，是按照世界本来的样子无端落下之物，诗歌在事物的本源那里习得了降雪的技艺，保持着对冷寂时空的追忆能力，人们能够依靠词语实现对永恒时间的筹划，以及对命运端倪的历史性捕捉。

自然主义的雪为汉语文学布置了一个先验的舞台，染白天地、隐匿道路和消解噪声是雪的本分，是雪本身的书写；在这个如白纸般整洁素雅的舞台上，行走的人们留下了一串黑色的脚印，仿佛诗人用笔墨书写出的一个世界的形态，白雪中留下的黑色痕迹，大地的颜色在人的涂写之下自行显现了。从白色的舞台到黑色的墨迹，中国人从一开始就在这片天造地设的自然物中间挥洒着他们的想象力，在原初的空白中创制出举世瞩目的文化。借用吉川幸次郎的说法，中国文学是以物为中心的。对自然之物和人间政治的异常亲近、对超自然之物和彼岸天国的漠不关心，成为中国古典诗歌独有的精神内涵。作为一种自然物，雪似乎可以想象为汉语诗歌的一种物质缘起。在世界本源的冷寂时空里，从天而降的雪既充当了书写的条件和材料，又扮演了书写的对象和意义，还赋予了书写的情调和征兆；它分别占据了符号的能指层（独白之色相和独白之声音）、所指层（对冷寂时空的追忆）和指涉层（自然主义的雪）。巴什拉认为：“诗歌的形象也是一种物质。”作为一种形象，雪代表了诗歌与物浑然一体的原始胚胎，也可以充当探究形式与物质之间关系的绝佳例证。对雪的物质想象，能够对理清诗歌与物的关系起到提纲挈领、画龙点睛的作用：

千山鸟飞绝，
万径人踪灭。
孤舟蓑笠翁，
独钓寒江雪。

柳宗元的这首《江雪》是古典汉诗里写雪的名篇。作为一个别具一格的文本，它回应和整编了自然和文化上的各种噪音，以盛唐的名义开拓出一派至高的气象，点染出一幅冷寂的世界图像。尽管在海德格尔看来，世界图像是人们追问现代性时的重要产物，即人的表意活动将世界把握为图像，此乃现代之本质。面对这个中国古典诗歌的高级文本，我可以暂时忽略海翁对世界图像的现代界说，而专注于这一概念产生的实际效果。世界成为图像，与人在存在者范围内成为主体，是同一个过程。一旦世界成为图像，人的地位就被把捉为一种世界观，它呼唤了人类学的登场。作为一种对人的哲学解释，人类学从人出发，并以人为指归；在世界图像面前，人为一种地位而斗争，力求在其中给予一切存在者以尺度和准绳。①在独一的白让万千事物"灭""绝"的降雪时分，以人为特写的世界图像却痕迹明朗地映入了读者的眼帘："孤舟蓑笠翁，/独钓寒江雪。"这里存在的一个悖论是，人越是恬淡泰然地想成为天地山水的一部分，他就越是赫然杰出地从那片习以为常的背景里耸立出来。《江雪》以"润物细无声"的诗歌语言揭示出了一道自然主义与人类学的边缘，人的形象在普遍的否定中得到了莫大的肯定。

宛如孤舟上的老翁悠然地钓着自己雪中的身影，《江雪》在冷寂的意境中展示出一幅中国的世界图像，传达出一种经典汉语文学的世界观。毋宁说，《江雪》以它极端成熟的造境方式、精准恰切的言志策略和波澜不惊的抒情手法，划时代地完成了对雪的中国式书写，呈现出世界图像中的雪。作为一种人类至为熟稔的气象征候，自然主义的雪在盛唐诗人的手中完成了一次诗意的加冕。在中国诗歌的黄金年华里，以《江雪》为门槛，雪带着一身的洁白和高傲、冷艳和苍茫，正式迈入了自己的晶体时代。在琥珀般的质地和光芒中，雪奠基为一种冷寂的世界观，一套关于雪的思想综合、体物

① 关于"世界图像"这一概念的阐释，可参阅马丁·海德格尔：《世界图像的时代》，《林中路》（修订本），孙周兴译，上海译文出版社，2004，第89—96页。

方式和情感态度。如同一场雪的独白平息了宇宙深处各种喧嚣不宁的噪声一样，自然主义的雪经过伟大词语的点化和锻造之后，以晶体的崭新气度横空出世，蜕变为人类学的雪。这是一次发生在天空中的句法转换，是如噪音般浩渺的水蒸气的结晶过程，雪从此获得人们看得见的容貌和仪态，它们像细琐的云朵，像碎散的花瓣，像柔软的石头，像洁净的尘埃……雪的曼妙美姿焕发出自然物身上天使般的光泽。在后世的笔墨间，作为一幅中国的世界图像，人类学的雪慷慨地漫天倾洒着。诗歌如钓钩，潜伏在平静的江水中，江面倒映着天空的景象，等候着雪的降临。独白之色相和独白之语言被冷寂所固定，被委以重任的诗人轻轻地钓起，在一代代汉语诗人手中，雪的形象如同宝石一样被小心地传递和珍藏着。汉语诗歌的人类学将雪置换为雪的修辞，作为一种物，雪在词语中分有了人的属性，人类学的雪引发了人群的喧嚣与躁动。这正符合巴什拉所谓的“移植”的观念。至此，雪格与人格紧紧地捆绑在一起了，人的高洁就是雪的高洁，人的茫然就是雪的茫然：

> 雪风长驱也不过是风之长驱。
> 雪人啼号也不过是人之啼号。
> （昌耀：《雪》）

在西方知识界，列维—斯特劳斯奉法兰西启蒙教父卢梭为人类学之鼻祖，作为“一个尖锐的农民生活的观察家，一个充满激情的旅行书籍的读者，一个博学的外来习俗和信仰的分析家”，卢梭提出过一条“赖以建立人的科学的基础的唯一原理”：为了使一个人得以被其他人所接受，人们必须首先否定他自己身上的自我。人必须在敢于声称他也是一个“我”之前，承认他自己也是一个“他”。这一发现迫使他在任何苦难的生命中看到同等的东西，并且由于同样的原因，面对所有的同类（首先是他自己），他不可剥夺地被赋予了怜悯的权利。在并不以人类学自况的中国文学身上，中国的世界图像或汉语诗歌的人类学却以独特的方式潜伏着。作为重要的钓钩和门槛，以《江雪》为例，我们率先领略到的，同样是文化对人、对自我的抹除：“千山鸟飞绝，/万径人踪灭”，而这也正是雪的功劳。独白之雪驯服了一切不和谐的噪声，以柔韧无声的气魄统一了喧闹不已的神州，还原了世界的冷寂本相，这英雄式的战绩成就了雪的霸业，建立了雪的临时政府。这种拜雪所赐的精神向度，为汉语诗歌注入了天马行空、桀骜不驯和纵横捭阖的血气，奠定为一种笑傲的人类学。在群星璀璨的盛唐时代，它也汇聚成李白的方向（而不是文学史上所谓的浪漫主义的顶峰）。雪所焕发的这种一统江山的气概界定了汉诗人类学的最高点，在将一个个“他”累积认同为“我”的基础上，“我”也就等同于一个宏大的世界，将存在（Being）放大为一个“太一”（One），幻化为北冥的鲲鹏，在天地社稷、庙堂山林、江河莽原之间逍遥驰骋，排遣着莫可名状的万古愁。雪的临时政府守住了一块自由的疆域，接受了笑傲的人类学的移植，保证了一种至大无外的境界轻而易举地抹除了“我”与“他”的差异（因为“我”就是“他”），取缔了主客体间的对立，让感觉推翻了“我思”的压抑，让情境和时空从一个“小我”那里解放出来，充满了无限可能的创造性。

2

当笑傲的人类学以“万物齐一”的宏愿展开它“雪风长驱”的万里卷轴之时，当冷寂的色调和语言织成笼盖四野的雪白棉被覆满整个大地的一刻，不论是“我”还是“他”，或者人类生存其中的这个偌大的世界，雪在建功立业的同时，也无比清晰地揭示出每一种千差万别的事物身上共同具备的东西：物与人一样，都在这个艰难的时世上分享着苦难。苦难就是存在于我们每一个人、每一种事物内部的噪声，是小宇宙的喧嚣与躁动，是这个世界上最大的真，是与肉体相等的真理。它们在茫茫大雪中如此凶猛、顽固地散播着，又被独白的雪声如此心悦诚服地收纳，让我们仿佛聆听到内心深处的“雪人啼号”。雪的临时政府用温柔、慈悲的双手抚平了人与物共同的创伤，这种宗教般的力道让我们在雪中学会了怜悯，在所有的同类中发现了一种至小无内的人格：“孤舟蓑笠翁，/独钓寒江雪。”这颗万里长卷上不绝不灭的小黑点，一处噪音似的微型褶皱，正是人与世界相遇的位置，是人类在大地上的栖居之地，一把钓钩永久垂立在平静的江水中，那是一种诗意的等待。雪在谋划天地的霸业中教会我们正视那些等同于肉体的真理，平等地去看待和尊重每一个人、每一种事物身上的苦难，并对人类共同的苦难命运保持着真诚的敬畏和怜悯。每个人命运里独一无二的苦难书写了他们不可复制的故事，造就了他们彼此不同的掌纹。惯于抹除差异的雪（“绝”“灭”）也同样善于敞开差异（“孤”“独”），它将存在定义为“太一”（One）的同时，也把每一个鲜亮的生命视为“小一”（one）：“我”和“他”都是一座无限庞大的“太一”（One）机器上不可再分的元件，是一颗颗身量微小、无可替代、不可轻易撤销的螺丝钉，是雪的临时政府里尊贵的公民。种种“小一”（one）的独白是忧伤的“雪人啼号”，是人群所制造的背景噪声，是既悦耳又刺耳的音响混合物，是人的语言存在，是存在的声音。它们聚集为“太一”（One）的独白，汇成和而不同、纷繁而井然的雪中合唱。

这或许也可以看成另一种意义上的“万物齐一”，它率先让我们看到的不是一个统一的整体气象，而是每一个写满差异的个体面孔。海德格尔辨析了“同一”与“相同”两种易于混淆的概念：“同一（das selbe）决不等于相同（das gleiche），也不等于纯粹同一性的空洞一体。相同总是转向无区别，致使一切都在其中达到一致。相反地，同一则是从区分的聚集而来，是有区别的东西的共属一体。唯当我们思考区分之际，我们才能说同一。在区分之分解中，同一的聚集着的本质才得以显露出来。同一驱除每一种始终仅仅想把有区别的东西调和为相同的热情。同一把区分聚集为一种原始统一性。相反，相同则使之消散于千篇一律的单调统一体中。”[①]这里的“同一”也正是独白之雪的非凡品质，雪将浩若星辰的“小一”（one）聚集为一种原始的统一性，它教导我们在每一种个体有限的生命里发现苦难的绝对性，在人群所制造的背景噪声中倾听永恒而绝对的背景噪声。荷尔德林在《希腊》一诗中写道:“向着渺小之物/伟大开端也能到来。”诗歌或许也发源于雪所布下的原始统一性中，发源于对每一种渺小之物充满怜惜的几微体察里。雪帮助诗歌在最低意义上找到了一种物质缘起。诗人为雪之独白赋格，为那些原初的噪声谱写出美妙的旋律，演绎为动人的歌唱。它告诉我们要消解仇恨，悉心培养爱的潜能。这种朝向渺小之物的精神向度，在汉语诗歌中奠定为一种悲悯的人类学，也在唐代汇聚成杜甫的方向（而不是文学史上所谓的现实主义的集大成者）。对应于万古愁，这种悲天悯人的雪格则在每一个个体身上酝酿为一种乡愁，它也是一种人类学移植的产物，开拓出中国文学悠远而厚重的沧桑感，塑造了尝尽苦难的中华儿女对至善的伦理诉求和审美襟怀：

> 它实际上
> 更像一种对强制的反抗。
> 而我，嘟嘟囔囔，也
> 正有这个意思。如果
> 这还算一种功绩，那是因为
> 我始终在雪仁慈的教育下。
> （桑克：《雪的教育》）

雪的仁慈教育在两种纬度上启发了汉语诗歌的人类学，如果我们将其放在对物的态度上来考查，它们各自开拓为两种互补的善，具体来说：在李白的方向上，笑傲的人类学在对“太一”（One）的激情中聚集为中国文学中的齐物之善。在《将进酒》《梦游天姥吟留别》等气势恢宏的诗篇中，齐物之善以至大无外的梦想力图创建出万物同一、四海一家的世界格局，这种格局可以从中国文化中的“天下”观念里得到淋漓尽致的阐释。在杜甫的方向上，对“小一”（one）的关怀和怜爱让悲悯的人类学分泌出汉语文学中的惜

① 马丁·海德格尔：《……人诗意地栖居……》，《演讲与论文集》，孙周兴译，生活·读书·新知三联书店，2005，第202页。

物之善。在以“三吏三别”为代表的作品中，惜物之善在每一个紧贴皮肤和大地的词语中悄然打动着苦难中的人们，这种对安定生活的渴望、对亲人团圆的顾盼和对人间温情的眷恋，呼唤着每一个受难的生命对“家”的向往、对庇护的需要以及对幸福的寻觅。正像从笑傲、齐物的格调中发展来的“天下”观念是中国文化贡献出的最高等级的政治哲学思想，在这里，以悲悯、惜物为指标的故恋乡愁则是任何一个不同肤色的普通人至小无内的基本权利和情感皈依。李白与杜甫，笑傲与悲悯，宏大与渺小，齐物与惜物，万古愁与沧桑感，共同参与塑造了两类风格鲜明的诗学姿势：前者为汉语诗歌提供了一副强大、硬朗的骨架，因而凝聚为一种骨头的姿势；后者则划定了一片“人与动物的共同区域，是‘不可区分’的区域”（吉尔·德勒兹），是有责任施加怜悯的特殊服务区，它在汉语诗歌中发育为一种肉的姿势。两种姿势以软硬各异的形态演绎了人类学的雪从诞生到落地的生命旅程，标识出它命运的高潮和低谷，阐释了雪格与人格在中国文学的母体上骨肉般的亲缘和同一，也在汗牛充栋的诗歌中埋藏下一部浓淡相宜的中国历史。

吉奥乔·阿甘本断言：“能够刻画姿态的，就是既不生产也不实施，而只承诺和支持的人。换言之，姿态把精神特质展现为人类最适宜的领域。”经历了天空中的句法转换和物质想象移植，人类学的雪获得了它独有的姿势，并且在结晶的过程中，把它镌刻在从天空到大地的优雅舞蹈中，在汉语诗学里开辟了一块“人类最适宜的领域”。雪的姿势征服了中国诗人，也几近完美地灌注进汉语诗歌的骨骼和皮肉，衍生、铸造为汉诗写作里经典化的口型、面孔和手势；同时，这种受教于雪的仁慈也积极地在文本中调动、开发着人们的味觉、嗅觉和听觉，它们代表着敏锐和健康的官能，在相对稳定的诗学姿势的基础上，探触着不断变化的世界里全新的可能性。

3

当代诗人西渡对汉语诗歌有一个精准的概括，他认为：“中国古典诗歌的表现法，一言以蔽之，是一种‘意象’的表现法。‘意象’不是形象，而是形象的概念。与‘意象’相联系的不是具体的物，而是对于物的观念（意义）。所以，‘意象’不是一种具体的写法，而是一种间接的写法。唐以前，有‘物象’而没有‘意象’，我们读诗看到‘物’，而看不到‘意’。这个‘意’还在形成之中。唐以后，有‘意象’而没有‘物象’，我们读诗便只看到‘意’，而看不到‘物’。‘意’完全把‘物’遮蔽了。”对于诗歌与物之间的微妙关系，这种判断无疑是一次高瞻远瞩的把握。作为中国古典诗歌的辉煌顶峰，传统诗艺正是在唐代诗人的手中完成了一个历史性的转折，让一种伟大的创造得以丰满成熟。艺术的核心任务在于贡献不朽的形象，汉语诗歌的创作法则基本表现在意象与物象的辩证关系上。唐诗正式奠定了意象的表现法，制成了中国古典诗歌的金字招牌，它馈赠给人类一个最叹为观止的礼物，也同时给自己戴上一副无形的桎梏。唐诗完成了一次天空中的句法转换，在这个转折点上，物抽象为物的观念，庞杂无定的物象凝聚为可感知、可理解、可传递的意象，这种形象的集权主义化身夺取了表意上的文化领导权，上升为一种具有统治性的话语定式。雪是一物，在唐以前的诗歌作品中，它早已被捕捉为屡见不鲜的形象，只是人们对雪的认识尚未形成高度统一；唐诗《江雪》占据了一个适得其所的位置，仿佛它就天降大任般地加冕为一个典范性的文本，几近完美地演绎着天空中的句法转换：至此，自然主义的雪结晶为人类学的雪，雪的纷繁物象臣服于雪的稳定意象，从雪中折射出的世界图像也就此诞生了。

中国的世界图像在雪中得到了完美的呈现。作为一种结晶化的产物，人类学的雪以意象的表现方式生产着汉语诗歌的表意行为和中国人日趋类型化的诗意生活。雪刻骨铭心地教育了浸淫在汉语文化中的中华儿女，他们以追求高尚的雪格为道德目标和人生理想；雪也封闭了古典诗歌的突破潜能和超越愿望，将写作姿势引向一种神圣的内在化："没有最大的雪，只有永远的雪。"（臧棣：《只有永远的雪丛书》）雪永远以晶体的形式、以洁白无瑕的面容、以浩瀚无际的气度在汉语诗人的内心里飘落、纷洒和覆盖着。中国的士大夫与现实政治一直保持着若即若离的暧昧关系，在这个进退皆忧的边缘上，雪充当了文人坐忘和解脱的棉被，提供了一方持守洁净的内心空间，捐献给他们一场了无痕迹的春秋大梦："孤舟蓑笠翁，/独钓寒江雪。"人类学的雪控制着整个中国古典诗歌的精神标度，厘清了诗学姿势的作用范围，也划定了雪所映现出的世界图像的边界：从强调惜物之善的"小一"（one）到彰显齐物之善的"太一"（One），从数学上一个独立的单位数字"1"到一个高深莫测的"无穷大"（+∞）。在器物层次上，作为一幅具有确定边界的世界图像，雪成功地哺育、敦化了中国诗歌，提供了一种想象诗歌物质缘起的方法，为诗人布置出一个等待书写的世界，也守护着一方静修隐匿的天地。

雪的世界图像浓缩成一只中国传统文化的雪人，它荣膺为古典世界的最终结晶：在万千事物统一于雪的独白（One或+∞）之时，雪人决然兀立地发出"人之啼号"（one或1），期盼着歌唱出一个不断奔涌的世界，试图迸发出小宇宙的喧嚣与躁动，亦即用雪来书写人；与此同时，此番"人之啼号"又时刻提醒着雪人缘起于茫茫大雪，它不过是广袤雪原上的一个微小的凸起和涂鸦（one或1），它来源于这片阒然无声的大地，短暂的啼号、耸立和存在，都迟早要回归到大地深处的原始统一性（One或+∞），亦即以人来书写雪。从雪到人，再从人到雪；从"太一"（One）具化为"小一"（one），再从"小一"（one）抽象为"太一"（One）；从"1"扩展为"无穷大"，再从"无穷大"回归到"1"……中国传统诗学就在这种封闭的世界图像里徘徊不已，就像一个返乡的旅人跋涉在一片望不见尽头又走不出去的雪地里。雪—人（或物—人）明确地标的出自身的边缘和极限，也同时暴露了一种雪—人的阐释学循环：雪既覆盖、湮灭了大地上原有的道路（“万径人踪灭”），又迫使人们重新在雪地上开拓道路（“雪风长驱”）；雪之独白既收纳、统一了形形色色的噪声（“千山鸟飞绝”），又帮助人们重新在宁静中发明人的噪声（“雪人啼号”）。中国古典诗歌的物象与意象已经组成了一个封闭的循环，传统诗学长久围困在这块诗意的雪地里孤芳自赏、流连忘返。这个阐释学循环貌似揭示出了瓦莱里所谓的主要问题的答案：在以有唐一代为典范的汉语诗歌那里，诗人以雪之整体统一了雪之凌乱，以汉语的“茫茫”统一了汉语的“纷纷”，以雪之独白统一了道之纷纭，以歌唱统一了碎语。在艺术作品的层次上，中国古典诗歌以制造意象的方式给事物以秩序，以晶体的形态修建了一条循环式的道路——雪与人完美地演绎着消隐和涌现的化蝶之舞——诗歌似乎在这条道路上实现了人类亘古的梦想，以“永远的雪”的名义，刹那间瞥见了自己的物质缘起，将中国的世界图像一劳永逸地镶上画框，悬挂在传统诗学的圆形旅途上：

上帝说：我在下雪
这不是理所当然的吗？
我心爱的孩子们死了
世界曾伤透他们的心

他们再也没能回到我身边
上帝又说：我可以哭吗，世界？
他们也没能回到东西里
雪，你感到他们了吗？
（张枣：《一首雪的挽歌·4》）

哦，伟大的求爱，哦，我未来的
情侣，我可以用我的道路来
表示吗？你在我的道上
远方在你的呼吸下轻颤

但是道路不会消逝，消逝的
是东西；但东西不会消逝
消逝的是我们；但我们不会
消逝，正如尘埃不会消逝

别怕，我们不会消逝
但我们必须在道上，并且
出去……
（张枣：《一首雪的挽歌·9》）

雪覆盖了道路，也展开道路的可能性；雪掩藏了东西，也塑造了东西；雪与尘埃混成一体，甚至雪就是尘埃，天堂的尘埃。雪埋葬了我们，也重新孕育了我们。在现代诗歌里，雪所鼎力维护的冷寂时空未曾一劳永逸，或许根本没有存在过什么冷寂时空。从大爆炸开始，宇宙的熵就一点点向着它的最大值——热寂平衡——靠近，这种山雨欲来的阴霾在悄悄改变着世间的一切。故步自封的古典时代将在雪中结束，那几近完美的圆形旅途上也将破天荒地亮起红灯。现代带着巨大的诱惑和伤害成为这个世界的不速之客。但雪是真实的，它从天空无辜地降下，吟唱起整个世界的欢乐颂和催眠曲，一只垂直的钓钩长久等待着它，如同这个世界也在等待着一首雪的挽歌。雪展演了一种过程美学。在高高的云层中间，雪从看不见的气态凝固为美丽的、看得见的雪花，漫天飘飞，连绵不绝。在汉语诗歌的起源处，自然主义的雪沸沸扬扬、染白天地，笼罩着山河日月，却如同盲者一样毫无目的，缺乏秩序。一场伟大的结晶运动在唐代迎来高潮，人类学的雪横空出世，为盲目的、自然主义的雪画上了明亮的眼珠，沉淀为古典诗歌的意象表现法，激发了善的教育，发明了雪—人的阐释学循环。在汉语文化里，人类学的雪扮演了我们的上帝，人类永恒的父亲，它带着全能的目光注视着世界上发生的一切，甚至它见证了上帝的哭泣，轻盈的雪花就是上帝晶莹的泪水。

雪中没有永恒回归，雪中只有等待。在上帝浩瀚的哭泣中，雪也意识到自己在现代的死期。没有最大的雪，只有融化的雪，这似乎是一条现代真理。人类学的雪必将在气势汹汹的热寂赶来之前，安排好它的后事和来生，从容赶赴它的现代主义审判。正如诗歌在古典时代成功地办理了结晶的手续，并收获了耀眼的光芒，在进入现代以来，它需要正式面对融化的问题。融化是大地上的句法转换，它让雪再次变形、解体，从有返回到无，雪之独白无可救药地拆分为雪之碎语。随着熵的行情不断看涨，流动的现代性马不停蹄地忙于收拾旧山河，中国的世界图像开始模糊难辨，雪从稳定有形的固态转化为流淌不息的液态，晶体状的古典诗歌也在这场句法转换下认领了它液化的命运。在融化中，人类学的雪接受了时代对它的死亡宣判，阐释学循环和圆形旅途在死亡面前失效了，雪中的仁慈被剥夺了终身的教育权利，迅猛激进的能量被大规模注入进来，不断复制的恶兵临城下，加速了雪和传统世界的融化，原有的道路不见了。大地上的句法转换是一种痛苦的过程，是肉体与苦难的争执，融化中的雪呈现出撒旦般狰狞的面孔，它不再平整洁白，不再息事宁人，不再提供善的范本，不再承担人们对它的美好想象，在一种焦躁的热寂预言中，雪变得腐朽、肮脏、污秽，雪在泥泞中实现世俗化的堕落。雪在它的死刑前，最后一次代表物呈报出一个现代世界的意象——雪最终进化为废墟和垃圾堆——一幅过程美学触目惊心的现代图像；雪也在融化之前，最后一次参悟一条人类学箴言：“雪人啼号不过是人之啼号”，正如雪是为消逝而降生，人亦是向死而在的动物。

4

作为一种大势所趋的潮流，现代主义大约在一百年前迅猛地涌入汉语世界，似乎要全面更换雪地上的路标，重新粉刷中国的世界图像。“别怕，我们不会消逝/但我们必须在道上，并且/出去……”人类学的雪留下了临终的遗言——“别怕”“出去”——它们从心理和行动上准确地传达了大地上的句法转换的幽微内涵。在融化的精神遍布大地之际，即将走向终结的雪并非将后事简单托付给了方兴未艾的现代主义，而是在沉思中想象了它崭新的生命形式，我暂且称之为心性自然主义的雪，与熵的脚步一致，它也正奔走在来而未来的路上：“那天……一切都曾是可能的……将来变成了现在……就是说，不再有时间了，而窥见了永恒。”（米什莱）以雪的前世今生为鉴，在自然主义和人类学的基础上，我们提出了心性自然主义的设想，直接受惠于王阳明“心外无物”的学说。这位心学大儒认为“心即道，道即天”，心为天地万物的主宰，又以天地万物为体。“此人心本是天然之理，精精明明，无纤介染著，只是一无我而已……”雪中洗尽了一己的执念和凡俗的“小我”，唯一托起的是一颗光洁无尘的心，它以融化的精神为指引，呼唤一种“心性化自然”，一种全新的“道法自然”，一种内在超越般的“出去”。尽管面临着即将消逝的危险，雪在痛苦的句法转换中悟得了一条在隐匿中显现的道路——通过融化达乎永远——“我们不会消逝/但我们必须在道上”。

哲学家夏可君是“心性自然主义”理论的发明者和重要阐释者，他认为，“心性自然主义”倡导的是一种面对艺术的全新态度。中国20世纪艺术在总体上并没有提供一种新的面对世界的态度，现实主义与浪漫主义都是舶来品，并且在接受中被扭曲了，而现代主义主要是被复制的产物，或后殖民式的挪用，它们都无法最终表达当代中国思想文化独特的复杂性。这种重新唤起的“心性化自然”，是一种与现代性的消费或“废墟”意象相关的精神，不再是单纯地唤醒那些传统已有的意境和意象，而是一种与生命呼吸，与身体触感相关的全新感受。望帝春心托杜鹃，“心性”与“自然”之间存在着自然感发的情愫，以“心”为轴心来感知世界，无所依托的“心”如今必须有所寄托，原初的寄托就是远处不可及的天空与大地的深渊（这是“及远”），同时还需要让这个远的虚空可以得到接纳与安顿（形成了“切近”）。为了实现这种远与近的接洽，夏可君提出，“心性自然主义”可以通过“淡然”与“余让”的姿势来保持这个张力[1]。大地上的句法转换不但在融化中赐予我们“心性自然主义”的全新视野，而且将汉语诗歌的骨与肉的经典姿势中补充进“淡然”和“余让”的态度，带领我们在“心性”与“自然”之间打开一个前所未有的可能性。

“淡然”和“余让”的“心性自然主义”在雪的融化中接通了生命的呼吸和身体的触感，这两种既熟悉又陌生的姿态提醒了现代人要在命运面前保持足够的谦卑。现代诗歌在液化过程中尤其需要重新建立“心性”与“自然”的关系。这令我们怀想起布罗茨基的名言：“一个人也许是小于‘一’的。”在融化精神的指引下，心性自然主义的雪也同样提醒我们：人或许是一种“小于一”的存在。在人类学的雪所倚重的雪—人的阐释学循环中，骨与肉的诗学姿势将中国文人的视野锁定在从“小一”（one）到“太一”（One）、从“1”到“无穷大”（+∞）的广阔区间内：他们要么端坐庙堂社稷里忧国忧民；要么退隐江湖山林煮酒论诗；要么胸怀天下、纵横四海、仗剑神州，述鸿鹄之志；要么安贫乐道、体物恤人、春耕秋收，品孤独之趣。人类学的雪为我们铺展出的是一个经验世界，按照马丁·布伯的说法，经验世界屈从于原初词“我—它”（这种原初词是双字而非单字的，这里的“它”同时也指代“他”和“她”。参阅马丁·布伯：《我与你》，陈维钢译），当任一个体经验这个世界上的万事万物时，哪怕这个世界小至不可再分的原子，大到无边无垠的宇宙；哪怕我们在“外在”经验上添加“内在”经验，在“公开”经验上添加“神秘”经验，一切都无所改变。经验世界是“大于一”的“人化自然”。“心性自然主义”的可能性让人们在雪的融化中瞥见一座门扉虚掩的宫殿，“淡然”和“余让”的态度将骨与肉的姿势掉转了一个朝向，我们轻轻地推开了一个“小于一”的世界，一个被原初词“我—你”创造出的关系世界。在对“心性化自然”的参悟中，大地上的句法转换启示人认清了自己“小于一”的处境，或者说，从“0”到“1”这个看似渺小却包罗万象的区间才是人类适宜的生存空间。

这个充满小数点的神奇地带，能够如同倒影一般排列出从“1”到“无穷大”（+∞）之间的任何数字，轻而易举地折射出一个经验世界，然而无论这个经验世界多么精彩丰富，任何一个“我”都必须臣服于头顶上的那个“0”，它像神明一样，时刻提醒着它的拥戴者：我们这些渺小的凡夫俗子，不过是毕生行进在从“0”到“1”这个没有终点的旅途上的走卒——犹如征人跋涉在雪地里——我们今生的努力不过是为突破“0”的虚无而做出微薄的努

---

[1] 有关“心性自然主义”这一理论的阐发可参阅夏可君：《“心性自然主义”论纲》，未刊稿。

力，我们现世的梦想也不过是姿态明确地修炼为一个完整的“1”。小数点形同胎记，将人类定义为一种存活于“之间”的生物。“0”和“1”构成了人类的大地和天空，参照海德格尔的观点，我们可以认为，这一“之间”（das Zwischen）被分配给人，构成人的栖居之所。人以“小于一”的姿态栖居于“0”与“1”的“心性化自然”之间（而不是“大于一”的“人化自然”），对于当代中国人来讲，是心性（而非神性）充当了他们在大地之上、天空之下栖居的“尺度”，也因此有其自身的格律。诗人懂得这个秘密，现代以来的汉语诗歌也正是对“之间”的体察，对“栖居”的关切，对“尺度”别具一格的度量。

带着“小于一”的切身体认，现代诗人努力在作品中打开一个关系世界，雪也在自己的挽歌中化身为一种“心性化自然”，一种全新的可能性。随着热寂状态如此真实地步步逼近，自然主义的雪无端地降下又无端地融化，人类学的雪将面临全面的解体、堕落和废墟化，心性自然主义的雪以向死而在的气度修炼为一种无形而亲切的精神实体：“友人带来了雪意和五点钟”（卞之琳：《距离的组织》）。如果说，自然主义的雪布置下一片雪景，它恢复了一个犹如处女般纯洁完整的原初世界，在一定程度上行使了器物的功能，帮助中国文人在自然襁褓中转化和消解精神危机；人类学的雪凝聚成一种雪格，它搭建起一座只有初夜的新娘才配体验的人造天堂，构筑了一个艺术作品的辉煌圣殿；而心性自然主义的雪则升华为一团雪意，它在每一个酷爱自由、渴望庇佑的灵魂中忘情舞蹈，仿佛母爱毫无保留地付出和捐献，雪意保证了我们在任何一个寒冷、黑暗、糟糕的时代里，都能在“心性”上获得一种诗意的栖居，住在里面的窃取了幸福的真经，因为“这漫天的雪是我的奇痒”（朱朱：《我是弗朗西斯·维庸》）。雪景和雪格在汉语诗歌中开拓出的是一个“大于一”的经验世界，试图在“我”与“它”之间建立词语上的联系。在“我—它”的原初词的指引下，物作为经验，保留在诗人的创造行为中，雪—人的阐释学循环让这种创造既能够染白天地，又可以涂写世界，让经验世界封闭于骨与肉的书写姿态里，培养了汉语诗歌的独白性，雪的形象也就此被锤炼为一种崇高的意象。几近完臻的古典汉语自信对眼前的经验世界拥有绝对的描述权和解释力，因而让传统的汉语诗歌成为一种关于善的自言自语，是善的独白。相比之下，雪意是雪景和雪格的剩余，是雪的崇高意象被西方现代性捣毁和打断后的心绪残片，是对万古愁和沧桑感的哀悼，是善在汉语中留下的彗星尾巴。雪意是一件令人惊喜异常的礼物。在经验世界里的五点钟，整个下午被推升至一个盈满抒情性的瞬间，一个织满蝙蝠的诗歌黄昏，无名的友人悄悄地把一团雪意递了过来，解出了一个奇痒的余数。在“淡然”和“余让”的崭新姿态中，礼物打开了一个关系世界、一片“心性化自然”，它渴望擦亮原初词“我—你”，并在现代诗歌的对话性中重新寻找词语的物质缘起。

# 译介

## Translation

Charles Bernstein

1950——

American

Poet

Poetics theorist

The writer

Scholars

Fellow of the American Academy of Humanities and Sciences

## 查尔斯·伯恩斯坦（Charles Bernstein）

查尔斯·伯恩斯坦（Charles Bernstein），诗人、诗学理论家、作家、学者，美国人文与科学院院士。1950年生于纽约。《L=A=N=G=U=A=G=E》诗刊联合创始人及主编。毕业于哈佛大学哲学系。美国语言诗派重要代表人物。曾任宾夕法尼亚大学英文及比较文学教授。著有代表作《天堂里所有威士忌》（2010）、《重新评估》（2013 ）、《诗歌的暗音》（2016）、《临/惜》（2018）等40余部诗集和诗论著作。曾获纽约州立大学“杰出教授奖”、古根海姆奖金、美国国家艺术基金会创意写作奖金，2019年荣获博林根奖等。

# 查尔斯·伯恩斯坦诗选（7首）

冯溢 译

## 所有诗歌都疯狂

宇宙是梦的轮廓
变酸，掺着苦酒，蛋清&
奶油。变得澄清，变为
乳银色，变膨胀，变得
密不可分，猛烈又
桀骜不羁，就像风电场中的糖浆
或缓慢摇动的
莫洛托夫鸡尾酒。
我们都被混在一起，
我意思是混入其中，渴望着进入阶层
以一位少年想成名
的方式，但只是在它的朋友们中。
看看它吧。那绿色太阳
并非符号，它也不会
溶解在渴望的不透明中：
仿佛深度是有形的，而不
仅仅是眼睛的深邃，仿佛我可以
住在那里的中间之地，
被编织在空间中，且被时间
所遗忘。那并非是天空，只是

乙醚上的笔触，如果
白色不居于顶，它的确
看起来像是这样。或者那是底面吗？
我觉得站在画布的这边
更安全，但我敢打赌，开车兜风的喜悦
始于中间距离的
某个地方，就在视野之外。虚幻的
喷气式天空：但我知道，
即使这样，我仍然会摔落，当
我撞击表面时我会痛
不欲生。或是只有表面存在吗
又令人感到痛苦，那
唯一深度就是使你相信
当我醒来时
还是夜晚吗？当共鸣
如此隐晦，形状似乎
在自身失重的状态下
融化，一切变得
复杂。现在是谁
在哭泣？我一直在圈中
旋转，像本体论的
旋转甩干机，却使所有东西
持久保湿。是因为愚蠢的
颜色！我曾经这么想
但那时一切在我看来似乎是
一个无结构性的逃避——
一个救生圈而不是一家火星酒吧。
在维克斯雾化器中
我不能再比吸入溶解的形状
更多地去搅拌我的隐喻。一幅画不
是一则寓言，一首诗
也不是。但倘若你看到一只
扬子鳄，最好在水的漩涡中
再次下潜。现在是

理想的温度
来跳支舞吧。

## 岁月的片段

声音似乎
打破
这些
短行
断裂或
松散开。
我看到一个词
&它重复
自己如同
你的地点
公然停泊
既不
捆绑也没装饰:
删略的
港湾里
的物品
在那里我
看见你
&
被情绪
改变着
回到了
我们相遇
的情景。
我的心
裂开
两半
总是

就这个
我们
曾知道但
已经忘却
在路上
的承诺。
高脚杯的
微光的迷宫
一个威胁
在众人眼中
正在再一次
澄清。
危险的正直
的重量
在草坪的
毫不妥协的
绿色里
廉价出售。
基金枯竭
更深层的
基金在
我们之间是
无人能
找到
矿藏。
然而
仿佛，当一切——
洪水般
冲毁它的
日子
&自我
弃决
在自发的
政体。

## 蓖麻油

写给爱玛

我去找寻我的灵魂
在一只小小鸟的歌鸣中
但在那儿我没有寻到
却只见我思绪的长影

缓缓流淌的大海静静地涌动
在更加遥远的岸边
却发现自己淹没在
翻动漩涡中不平衡的鸣音里

哼着无调的歌，我徘徊着，阻隔在外
在遥远的浮世混沌中
直至最底部
歌声浸湿的光线下，摇篮里的皱褶

## 自我心理画

仿费尔南多·佩索阿

诗人是伪造者
他的伪造如此真实
他们甚至伪造真实的
感受到的痛苦
而对于那些博览群书的我们
那些读了痛苦的人会感觉，哦！
并非诗人的双重页眉
而是“两者都不”中的那个“不”，如此有趣
因此那些车轮被重重击打
在这场火车失事中
令我们逻辑的部分陷入困境的
叫作人心

# 此刻是你的

你知道你老了，当你发现看来苍老的人比你的年龄还小。
你知道你老了，当曲轴箱比曲轴更好用。
你知道你老了，当夜晚更长睡眠更短。
你知道你老了，当防水帆布覆盖了热水器的金属板。
你知道你老了，当呐喊被看见而不是被听见。
你知道你老了，当灰暗的天空托着承诺。
你知道你老了，当如丝般的消解困扰着晨光
你知道你老了，当尘埃落定尘埃。
你知道你老了，当笑声嘲笑其自身的不绝于耳。
你知道你老了，当损失先于目的发生。
你知道你老了，当紫丁香在猪油里凋萎。
你知道你老了，当可能意味着永不。
你知道你老了，当镶嵌花样里刺绣着扒窃。
你知道你老了，当蓝变得更青露珠蒸发消失。
你知道你老了，当古老的战争好像不可避免。
你知道你老了，当下一步比最后一步更残酷。
你知道你老了，当遗憾的哀叫令莫名难解的竖琴歪斜。
你知道你老了，当矛盾的雪崩在空洞的承诺之地蒸发。
你知道你老了，当所有命中注定的都在你眼前升腾如同从人类缺陷中冒出的蒸汽。
你知道你老了，当每小时都在等候每一天都在逃亡。
你知道你老了，当习俗替代了方法。
你知道你老了，当梦提醒你夏季重播的节目。
你知道你老了，当过去的时间成为没到来的日子。
你知道你老了，当你认为佩赫默尔洞穴彩绘和拉斯科洞窟壁画都出自你的孩子们之手。
你知道你老了，当你感到需要用灰色挑染你的头发而使你看起来更加卓越超群。
你知道你老了，当你能读这些话。
你知道你老了，当你的知识从你的经验中分离。
你知道你老了，当现今的独裁者让假面舞会晦暗模糊。

你知道你老了，当不可磨灭的印记像冰柱一样融化。
你知道你老了，当一切新的事物都好像是改型翻新的，而竖立的纪念碑如同电线上丢弃的鞋子一样高高悬挂。
你知道你老了，当片刻珍贵而小时沉重。
你知道你老了，当无辜被经验裹覆。
你知道你老了，当你能在镜子里看见自己，但是自己却不能看见你。
你知道你老了，当长期的困扰似乎变得更糟糕。
你知道你老了，当光照无法抵御黑暗，冬季拒绝割让它的把控。
你知道你老了，当服务时间是无期徒刑。
你知道你老了，当白炽灯甚至都不白不亮。
你知道你老了，当限定给你界定。
你知道你老了，当情感是自然的，气氛是麻醉的。
你知道你老了，当备忘录遮住了记忆的光。
你知道你老了，当历史明亮的光让你盲目。
你知道你老了，当你的成就如同早晨的露水。
你知道你老了，当你看见太阳却感谢阴影。

## 狂想

黄昏时我发现它静静地在那
我就突然把它捉在手中
它带着绝望尖叫着呼救
可我却是年少又无情。
我用手掌握住并捧起它
这样它就不会再造成伤害
但很快我就明白应该放走它
它不是我拥有的也不能留下。
自那天起我便收集麻线
将其打结并粘贴在韵律诗上
接受了那些永远不会被捆绑曲调
那些投射在光阴里闪光的阴影。

# 精灵王

仿歌德

是谁在深夜策马狂奔？
正是父亲和他最亲爱的孩子；
他的女儿在他臂弯的环抱里
他紧抱她，就为了让她远离危害。

“我的孩儿，为什么你面带恐惧？”
——“您看，父亲，难道您没有看到精灵王就在附近？
戴冠伸尾的精灵王正窥视着我们？”
——“我的孩儿，所有这一切，就是一阵吹过的大风。”

“我亲爱的，可爱的女儿，跟我一起来！
在海边我们一起玩你的装扮游戏。
当我们抵达海滨我们就建造这样的城堡
你将戴上你钟爱的奶奶的帽子。”

“我的父亲，我的父亲，您没有听见
精灵王在我耳边的低语？”
——“别慌张，请冷静，哦，我亲爱的、最可爱的女儿
那只是风吹动树叶的声音。”

“我的女儿，我的女儿，请与我在一起
你的兄弟将用歌声送走黑夜
你的兄弟将和你手牵着手
在晶莹发亮的沙滩上欢快共舞。”

“我的父亲，我的父亲，您可看见
精灵王的儿子们疯狂地向我召唤？”
“我的女儿，我的女儿，我看得很真切：
那只是老柳树在幽谷里发光。”

**“我爱你，你的美丽完美而纯粹**
**在我的紧紧的拥抱中，你却没能承天庇佑。”**
——“我的父亲，我的父亲，我被他抓住
精灵王把我拉上了他的魔鬼船。”

父亲颤抖，艰难地在荒野中策马奔突
竭力保护他亲爱的受难的孩子
疾驰向前，力克惊恐
现在到家了，在他的怀中，女儿却殒命。

**译者介绍：**
冯溢，学者、英汉双语写作者、翻译，东北大学外国语学院副教授。海南琼山人。主要研究方向为英美诗歌、美国文学，发布学术论文20余篇。2017年其诗作获得全球华语诗歌大赛铜奖，2016年获美国福克纳基金会Hunt学者奖学金。英文诗发表在《宾大评论》（*The Penn Review*）、《声韵诗刊》等期刊，中文诗歌发表在中国诗歌网和《芙蓉》。翻译中国和美国诗人的译作发表在《诗歌月刊》《江南诗》《安徽诗人》《双重谈》（*Double Speak*）等。

管怀宾作品
《诗的悬界》
装置，金属钢构、部分烤漆、不锈钢凹镜、铸铜
太湖石、铜剑、喇叭、黄铜板、六根混凝土立柱
雕刻文字（二十四诗品、中英文）
2018年

图书在版编目（CIP）数据

诗建设. 2022年. 第一卷 / 泉子主编. -- 武汉 : 长江文艺出版社, 2022.4
ISBN 978-7-5702-2630-6

Ⅰ. ①诗… Ⅱ. ①泉… Ⅲ. ①诗集－中国－当代 Ⅳ. ①I227

中国版本图书馆CIP数据核字(2022)第050417号

诗建设. 2022年. 第一卷
SHIJIANSHE. 2022 NIAN. DIYIJUAN

---

主　　编：泉　子　　　　副 主 编：江　离　胡　人　飞　廉
责任编辑：王成晨　　　　责任校对：毛季慧
装帧设计：杜　娟　　　　责任印制：邱　莉　王光兴

---

出版：长江出版传媒　长江文艺出版社
地址：武汉市雄楚大街268号　　邮编：430070
发行：长江文艺出版社
http://www.cjlap.com
印刷：武汉市籍缘印刷厂

---

开本：720毫米×1020毫米　1/16　印张：12.75　插页：1页
版次：2022年4月第1版　　2022年4月第1次印刷
行数：5655行

---

定价：36.00元

---